管見随想録　下巻

男はつらいよ

高瀬こうちょう

櫂歌書房

管見随想録　**上巻**　八風吹けども動ぜず

目次

目次

管見随想録 **中巻** 性格は変わる？

目次

管見随想録　**下巻**　男はつらいよ

男はつらいよ

私の父（巌太）の話をしたい。父の妹きしは小川某に嫁ぎ、その夫小川が満鉄に勤務していたので満州国（現在の中国の東北部）に居た。そして、肺病になった。私の祖母かねは満州は寒いので、きしを自宅に引き取り療養させたいと父に相談すると父は賛成し、きしを自宅で療養させたが、二年弱で死んだ。享年三十歳弱。父も肺病がうつり、約六年後に死んだ。

満鉄には立派な病院があったはずだし肺病は当時治療法がなく不治の病であったので、家族への伝染を考えると病人の自宅療養は軽卒極まりない判断であった。父も後に後悔したと思うが、後悔しても後の祭りである。

父が妹の自宅療養を決断した時は三十二歳位であった。父は親孝行者でありそのことは素晴らしいことだけど、妻（幸）や祖父（才太）や子供たちにたいする配慮が足りず、肺病の伝染力や不治性についての認識が薄かった。父は若くて未熟だっただろうが大学まで出ているのだから、もう少しましな方法があったのではないかと残念である。

父はバランスが欠けていたのだ。偏《かたよ》らない、囚《とら》われない、拘《こだわ》らない、のどれかに縛られていたのだと思う。その一つが親孝行だ。父の時代は儒教が今よりも盛んであり孔子は「親孝行は徳の始まり」といっている。親孝行のあまり他が見えなくなった。偏らない、囚われない、拘らない、は誰でもが留意すべき事であるが、家族の当主たる者は家族全員の幸、不幸の鍵を握っているという明確な自覚を持つことが必要だと思う。万事はそれからだ。

このことは仕事に追われて心の余裕がないので簡単に気づかないことであり何か事件が起きたり、賢人からの説諭《せつゆ》がないと気づかないままになる。父は身勝手に遊興したり自身の栄達を求めて家族を放棄したわけではなく、その逆で若いのに謹厳実直であり親孝行と妹への憐憫《れんびん》という美徳が過ぎたために家族を不幸のドン底に落としたのだ。

親孝行とか侠気は程ほどにしないと失敗する。せっかく立派な所に就職している息子に親のエゴで淋しくなったので帰ってこいというので帰ったら働き口がなくて困っているという話をよく聞く。父はとてつもないお人好しであったと想像される。

父の死後の家族の生活は大転換した。貧しくても程ほどだった生活は困窮した。将来は私を医者にしようと父は考えていたらしいが、夢のまた夢となった。母の苦労は大変なもので、働きすぎて肺病になり一年ほど入院した。

男は勤めに精を出すのは勿論のこと勤務先や親類縁者や友人知人達の信頼を得るように人徳を積まないといけないが、同時に家族の幸福を常に考えないといけないのだから、本当に男はつらいものだ。

だけど女だってつらいものだと思う。子供を産み保育し家事をこなし更に一隅《いちぐう》（家庭）を照らさなければならないのだから。「一隅を照らす」とは天台宗の開祖比叡山延暦寺の最澄の言葉だ。一隅を照らすのは簡単なようで簡単ではない。最近の妻は共稼ぎが多くて先ず不可能だ。パートタイムで働いて子育てもなんとか出来るのであれば一隅を照らすことも困難ではないかもしれない。女性は結婚の前に一隅を照らす意味を十分に考えたほうがよい。児童虐待などをおこしたら家族全員が滅茶苦茶になる。一隅を照らす自信のない人は結婚しなくて職業婦人になるしかない。

五庄屋の義侠

福岡県うきは市に五庄屋を祭っている水神社がある。私達は長野の五霊社と言っていた。この水神社の元神主の熊抱君と私は浮羽中学と浮羽高校の同窓生であり、親近感をもっているし郷土の偉人とこれを祭る水神社を広く紹介することができるのは私の自慢である。

うきは市は浮羽郡内の町村が合併してできた市であるが、浮羽郡は古くは生葉郡といっていた。坂東太郎、筑紫次郎、吉野三郎と賞賛された筑紫次郎は筑後川のことであり、私が子供の頃は水量が多く満々たる流れのなかを米俵をつんだ帆船がゆっくり遡《そ》上していた。

江戸の初期寛文年間の頃、筑後川の南の生葉郡は筑後川の水位より相当に高い江南原《えなみばる》という台地であるために筑後川から水が引けず竹薮の多い地域であり弐割程の低湿地以外は稗《ひえ》や粟《あわ》良くて麦しか採れない荒蕪《こうぶち》地地域で百姓は貧困に苦しんでいた。そこで、高田、夏梅、今竹、菅、清宗の五村の庄屋は寄り合って筑後川に堰《せき》、水門を造り落差によって取水することを計画し財産と命を賭《か》けて、久留米藩を動かし久留米藩の事業として筑後川から水を引き米作のできる水田地帯に変えた。

その間に14か村が工事反対の嘆願書を藩に出したが、五庄屋は失敗したときは磔《はりつけ》の刑を受けても異存は無い旨の誓詞を藩に提出したので藩が動きだした。藩では工事が開始されるとすぐに長野村の入り口に磔《はりつけ》柱を立てたので、百姓たちは大いに奮起したという。工事は農閑期に行う予定で寛文四年一月十一日の厳しい寒さのなかに始まり同年三月半ばに完了した。驚異的な短期間である。人夫はおよそ述べ四万人でありこの工事によって七十五町歩《ちょうぶ》の田に水が引かれるようになった。

工事は筑後川をせき止める堰を造る工事はプロの人夫が中心で仕事をしたが冬の筑後川の堰造りは難工事であった。各村に水を引くための南北二本の用水路の掘削と護岸の工事は総延長七千間《けん》（一間は1.82ｍ）を生葉郡、竹野郡、山本郡の約百か村に割り当てたので一村には七十間約127ｍが割り当てられた。当時一村は平均三十人から五十人位であった由であるから大変な苦労である。五庄屋の支配する各村では15歳以上の男女は全員動員され必死に働いたが、その間の五庄屋の辛労は如何ばかりか。五庄屋といっても大きな蓄えもなく所有する田畑もせいぜい数町歩程度であるから事業費を一日に五両ずつ藩に拠出させられたが中にはこれに困り借金をして調達した者もいた。しかし、先祖からの宿願であるから志は硬かった。（詳しくは浮羽町資料館及び小説水神を参照）

五庄屋は明治四十四年その功により明治天皇より従五位下《じゅうごいげ》の位を追贈されたが、これは三万石位の小大名が受ける位であり、百姓の身分にしては破格の待遇である。これによって五庄屋は神として水神社（吉井町大字桜井）に祀られた。五庄屋の管轄地域は現在のうきは市の中の吉井町の中の四地域の中の一つ江南《えなみ》村の一部であるが、ここの江南小学校の校歌は鉄道唱歌で有名な大和田建樹《おおわだけんき》作詞の五庄屋の賛歌であり、入学式、卒業式や運動会で歌われている。次にそれを掲げる。

一、寛文初年の頃とかや　いでこの民を救わんと　慨然《がいぜん》死をもて誓いたる　この地に五人の庄屋あり

二、夏梅、清宗、菅、高田、及び今竹五か村の　庄屋はここに差し出す　水道工事の請願書

三、水もし引くに来らずば　皆一同にはりつけの　刑罰その身に受くべしと　壮んなるかなこの事や

四、至誠は人を動かして　許しの下る村口に　早たてらるる仕置台　見るに励まぬ人ぞなき

五、矢よりもはやき筑後川さかまく波とたたかいて岩切りうがち水をせく　その辛その苦そもいかに

六、百難万難排し得て　開きし長野と大石の　井堰に命を救わるる　田の面は二千百余町

七、千古の偉業功成りて　下りし賞与の数々も　五人は辞して皆受けず　誰かは高義に

泣かざらん

八、尊き歴史は我が村の　無窮の誉れ散らぬ花　御霊は永く祀られて　守るか民の幸いを

五庄屋の事跡は小学五年生の教科書に掲載され、また現場見学のため沢山の小学生が訪れている。五庄屋の遺跡は堰《せき》は吉井町長野の大石堰であり水路は吉井小学校の前の川が南の水路であり北の水路は筑後川に沿っていて川幅も狭く解りにくい。水路はその後何回も延長されその受益面積は二千町歩もの広範囲となった。うきは市教育委員会に詳しい資料がある。

最後に義侠の五庄屋の名を記してその名誉を称えたい。高田村山下助左衛門、清宗村本松平右衛門　夏梅村栗林次兵衛、菅村猪山作之丞、今竹村重富平左衛門である。五庄屋の中心人物山下助左衛門の子孫はうきは市吉井町に住んでいる。

武士道

先ず武士階級の発生歴史について概略を述べると、天皇にとって代わろうとした平将門を退治した藤原秀郷（西暦千五百七十一年）あたりがその始まりであろう。

武士道は云うまでもなく偉大な文化遺産であるが、それが完成されたのは江戸時代になってからであり、つまり平和の産物であり明治時代まで継続したものである。

支配階級の武士に無文の武士道という厳しい掟が存在したことは日本民族の誇りである。幕末に身分制度がなくなり武士階級が消滅したがその後は公務員や軍隊、警察がこれにとって代わったので、外形では特に痛痒は感じないようであるが、国民の精神に及ぼす影響は大きな相違があるが武士道の精神の残滓は引き継いでおり国民全般に影響を及ぼしていると思う。

大東亜戦争の敗戦後に米国文化が怒涛の如く乱入したり更にグローバル化が叫ばれて小学校に英語教育が行われようとしている現代では人心の荒廃は相当なものであり、武士社会があった時代の大和心は壊滅状態に近い。壊滅を少しでもくい止めたいものだ。

さて、武士道の核心はなにかを述べる前に武士道形成に大きな影響を与えた神道《しんとう》、仏教、儒教について若干説明したい。神道《しんとう》は自然崇拝より発生したが祖先崇拝を導き愛国心を醸成し、国の頭である主君への忠誠心を強くした。これには封建制の下で自分を雇用してくれる主君への尊敬と恩返しの感情も多分にあったことであろう。

仏教は武士道に不動心や運命を穏やかに受け入れ運命に静かに従う心を与えた。危難や惨禍に際して常に心を平静に保つことであり生に執着せず死と親しむことである。徳川幕府の剣術指南役の柳生宗矩は或る高弟に「私が教えられるのはここまで、これより先は禅に依らねばならない」と告げた。禅とは仏教の重視する座禅である。仏教の中でも自立本願の禅宗の禅語が武士の修身に大きな影響を与えた。武士には禅宗の信者が多かった。宗教的叡智（無の思想、自灯明、不動心、知足など）と慈悲は仏教の根本である。この慈悲が武士道に浸透し「武士の情け」となった。

儒教は中国の孔子の教えであり論語を中心に武士道の形成に多大の影響を与えた。儒教は仏教より早く日本に伝来し一部の人に受け入れられたが本格的に普及したのは江戸時代である。将軍徳川家康が儒学者藤原惺窩《せいか》について儒教を習いその弟子の林羅山を幕府の顧問とし、後に江戸幕府の儒学を学ぶ学校「昌平坂学問所」が孔子を祭る湯島聖堂の中に造られ主に旗本・御家人の子弟を教育した。幕府を開いた徳川家康が儒学を勧めたのは戦乱が終わり平和な時代の到来にあたり武に対する文を意味する儒学を広め支配階級の武士に文官としての智識と道徳を学ばせるためである。そして、主君に対する忠義を強調する狙いもあったと思う。論語は庶民にまで浸透し庶民の子弟が寺子屋で論語の素読《そどく》を習ったので、「論語読みの論語知らず」という諺までできた。論語は正に武士のみならず智識人の骨肉になった。

武士道である武士の掟のなかで最も厳格な徳目は義である。義とは正義、道義、大義を指す。義は人体に例えれば骨である。正義のためなら命を賭《か》けるのである。武士は才能や学問があっても義がなければ立派な武士とはいえない。

しかし、現実に義を貫くことが如何に困難なことかを示す例をあげる。江戸時代の荒木又右衛門は妻の弟渡辺数馬が父の仇討ちをするための助太刀を頼まれて義により引き受け仕官先の藩の許可をえて脱藩し、仇《かたき》河合又五郎が旗本その他多数に守られて九州相良藩に逃げようとするのを伊賀上野の鍵屋の辻でたった二人で待ち受け数時間の血闘の後仇討ちの成功を助けたのである。「荒木又右衛門の三十六人切り」として当時有名になった事件である。

次の徳目は勇である。勇でも「義ヲ見てせざるは勇なきなり」（論語）の大義の勇であり匹夫《ひっぷ》の勇ではない。大義の勇の裏面には忍耐、沈着、大胆、不屈、勇敢などが付随している。匹夫の勇者には忍耐、沈着などはない。武士の子は幼少より剣術の鍛錬や度胸試し、刑の執行の見物、切腹の作法の練習、論語の素読などをして 心身を鍛錬した。

英国の哲学者バートランド・ラッセルはキリスト教の原罪（人は生まれながらにして罪を持っている）の意識は少年の心を暗くしたので教育上は良くないと述べているが、切腹は武士の子の心を慄《おのの》かせただろう。それでも武士の子は心身の鍛錬によって恐怖に耐えた。

次は仁《じん》である。仁は論語では最高の徳とさける。仁は一言では表現できない意味を内包しているが、論語の中の具体例を挙げると誠実、義、礼、愛、謙遜、信、恭などと幅広いが一言で言うと良心または慈悲である。封建制は武断政治に陥りやすいが最悪の専制政治から人民が救われたのはこの仁の精神があったからである。慈悲は女性的な優しさをもつが武士の慈悲は正義や公正に反するものは許さないとする厳しさがあり慈悲に溺《おぼ》れることを戒めた。それだけに「武士の情け」は人々の心情に訴える美しい響きがあった。

次は孝である。孔子は「孝は仁徳の本《もと》である」と言った。古来より親孝行は美徳とされ奈良時代に時の天皇が孝子を表彰し年号を養老に改めたという話がある。（美濃の国の養老の滝の民話）武士にとっても忠と孝は車の両輪であるが忠義は公的であり孝行は私的であるので武士道では忠義が優先された。平清盛が後白河上皇と不和になった時清盛の長男重盛は「忠ならんと欲すれば孝ならず孝ならんと欲すれば忠ならず」と苦しみ若くして死んだ。当時はまだ儒学が武士に普及していなかった。

次は礼である。礼は社交の必須条件であるばかりでなく謙譲、寛容、上品、優雅を示すものである。立居振舞い《たちいふるまい》の見事さは清清《すがすが》しい。礼を欠く粗野な態度は支配階級の武士に相応しくなく庶民の信用は得られない。武士が礼儀正しかったことは映画などで見て周知のとおりである。

次は誠である。誠は誠意であり偽り飾らないこと、嘘をつかないことである。支配階級である武士には誠が厳しく求められた。武士に二言は無く「武士の一言」は重かった。武士の約束は通常証文なしで決め実行された。むしろ証文を書くことは武士の面子《めんつ》が汚されることとされた。誠を通すためには命を賭《か》けた。明治維新のとき誠の旗印《はたじるし》を立てて活躍した新撰組は幕府の譜代の武士ではなく組長近藤勇が百姓揚りの俄侍《にわかさむらい》であり浪人も混じった者達なのに最後まで節《せつ》を曲げず衆寡敵《しゅうかてき》せず壊滅したが正に旗印どおりの侍の生き様《いきざま》であった。本当の武士にも負けない誠を貫いた。

次は名誉を書く。名誉とはよい評判を得ること、誉《ほま》れ、高名、名声のことである。前述した仁とか義などの徳と異なり俗物の領域の概念である。武士は元来武勇を基本に権勢を伸ばしてきたので、名誉を重んじその反対である恥を嫌った。「武勇の誉《ほま》れ」は誇りであった。

徳川時代よりも四百年位昔の源平合戦の頃は名誉や武勇の誉が特に重んじられた。恥を知ること即ち廉恥《れんち》は明らかに徳である。武門の子は幼少より恥を知る心を最初に教えられた。恥をかくな、名を汚すな、といった言葉は子供の名誉心を自覚させ子供の心に植えつけられた。従って辱められることの恐怖は武士にとっては大きなものであり些細なことで憤激して武士の掟を破る場合も度々《たびたび》あった。過度の名誉への拘《こだわ》りによる過激な行為には寛容と忍耐の教えがこれを止める働きをした。

しかし、寛容と忍耐を「ならぬ堪忍するが堪忍」（徳川家康）という心境まで高めることが出来た武士は極く希であった。江戸時代になると武士は戦士としての役目は薄れたので、それほど名誉や恥に敏感に反応する必要は無かったと思うが永い伝統が続いたので、ただの見栄や世間の評判に過ぎないものまでが善とされた。仏教次元まで修身をしていない大部分の特に若い武士は些細なことを恥と思い刃傷沙汰を起こした。

次は忠義を述べよう。忠とは真心、まこと、忠実の意であり忠義とは主君に対して臣下の本分を尽くすことである。家の子郎党即ち家来の忠義が無ければ武士団、豪族の存立は有り得ないので、家来が主君にたいして忠義だったことは当然のことである。

源平時代の武士は儒学の影響も少なく忠義と勇猛心と功名心が強かったがその他の儒学の徳は明確に意識されなかった。主君とその配下の豪族との間には家臣である豪族が主君を殺して主君に取って代わる者もいた。戦国時代では美濃の国の蝮《まむし》と呼ばれた斉藤道三、父である主君を押し込めて甲斐の国の主君の座にすわった武田信玄、特に有名なのは主君織田信長を殺して天下を取ろうとした明智光秀である。主君黒田長政と喧嘩して脱藩したとき福岡城に向かって鉄砲を撃ちはなって退去した後藤又兵衛など等がいる。元来、豪族と大名の関係は忠義よりは恩賞目当ての打算が強く、この時代は動乱期で気に入らない主君にはいつくばう必要はなかった。江戸時代は太平が続き就職口が少なくなったので、主君が横暴でも服従せざるを得なくなったのである。

忠義の武士として有名なのは忠臣蔵の四十七士である。映画で見た頭の大石内蔵助に扮する片岡知恵蔵の澄んだ顔は武士の忠義の鑑《かがみ》を体現していて印象深かった。しかし、江戸時代でも唐津藩八万石の大名寺沢広高が父の仇として狙っていた家臣の塚本伊太郎の急襲にあい死亡した事件があり寺沢は素行が悪く男子が居なかったので寺沢家は断絶となった。塚本伊太郎は町人となり幡随院長兵衛《ばんずいいんちょうべえ》を名乗り町奴《まちやっこ》となり、不良旗本の旗本奴《やっこ》の白束組と抗争して侠客として名を上げた。

ついでに書くが、佐賀県唐津市相知《おうち》町には幡随院長兵衛の巨大な記念碑が建っている。旧唐津藩主の子孫の小笠原子爵の題字である。

その他の徳目としては克己《こっき》即ち己に勝つことであり意思の力で欲望、感情を抑えることである。得意のときも失意のときも普段と変わらない態度をとり喜怒を表さないことが一角《ひとかど》の人物と評価された。「武士は片頬《かたほほ》」といい年に片頬しか笑ってはいけないとされたが、これは戒めであろう。

同様に無言実行が徳とされた。これは禅の影響もある。禅寺では風呂、便所〝食堂では発言は禁止されており三黙堂という。お喋《しゃべ》りは女でも蓮っ葉な女として軽蔑された。威厳を保つためである。映画で若侍が喋ったり笑ったりしているが、これは全く時代考証が足りない。武士の日常生活は無言で静かで重苦しい雰囲気だった筈だ。

死を恐れない潔《いさぎよ》さは武士の特質である。潔く散る桜と武士の潔さを称《たた》えて「花は桜木人は武士」と言われた。

金銭については淡白な態度が要求された。上に立つ者が金銭に執着したら公平な態度はとれない。良い政治も出来ない。しかし、これも違反する者がいたことは歴史が証明している。江戸時代の贈収賄は慣例化していて将軍の側用人の柳沢吉保《やなぎさわよしやす》や忠臣蔵の討ち入りの原因を作った吉良上野介《こうずけのすけ》は有名である。以上武士道について概説したが、参考になった一冊の本を紹介してエピソードを披露したい。

その本は新渡戸稲造《にとべいなぞう》が明治三十二年に米国において英語で書いた本の日本語訳「武士道」である。この本の原本は英語で書かれているので、米国はもとより欧州でも広く読まれベストセラーになり日本文化の広報に大変な功績を残した。米国大統領ルーズベルトも愛読し感激しこの本を知人友人に贈った由である。大統領の日本贔屓が始まり明治三十八年のロシヤとの日露戦争での日本軍の勝利の報せを受けた時はわがことのように喜び日露の講話条約の仲介役を果たしてくれたので、新渡戸稲造は大きな功績をあげたと評価された。外人向けに日本の良さを宣伝するために書かれたものであるが新渡戸の書いた武士道は江戸時代に完成した武士道であり、それ以前の猛だけしくて洗練されない未完成の武士道ではないこと、誇張もあり理想論的でもあり若干違和感もあるが武士道を体系的に纏めたものであり便利な本である。武士の時代の参考になる本は沢山あるが、私は日本逸話大辞典八巻と武家の家訓その他を参考にした。

男と女の役割

太古の昔は男は狩猟や漁労をしたり家の修繕をしたり外敵と戦ったりと家の外の仕事をして過ごし、女は家事や衣類作りや子育てをして家の中を守ってきたが、時代が下っても男は外で働き女は家で働くのが原則であったが、現今ではこの原則が変わり女も外で働き家事や子育ては夫婦で共にする傾向に傾きつつあるようで昔型の人間である私などは強い疑念をもっている。「男と女の脳」という医学的な本によると男女には色々と相違という か特徴とがある由であるが、男女の差はあるのは当然自明のことである。古代から五十年程前まで男は外女は内という生活が永く続いてきたのだから、男女の脳が同じ筈はないこと位誰でも分る。

私が体験的に言うと女は方向感が鈍いし、算数的物理的なことに弱い。家の中での時間が長かったのでその必要が無かったからだと思う。体力は男より劣るのが普通だけど最近は背丈や肩幅や手足の長さや口の大きさでも男に負けない女を時々みかける。頭脳は頭蓋骨の大きさからみても社会の実績からみても平均的には男のほうが頭は良い。女は我慢強いが改革心はやや薄く従順なためか上から言われたことを墨守して適宜応用しようとしない傾向がある。女はおしゃべりだけども社交的である。散歩中に挨拶するのは女であり男は挨拶したら損するとでも思っているのか挨拶しない人が多い。感情的で抑制のきかない女もいるがこれは男にも多く男女で特に差は無いと思う。子供と仲良くなれるのは断然女であり男は負ける。決断力は女は男よりは劣ると思う。女は欲が小さいので欲のために悪い事をしたりはしない。又飲酒運転などは女は少ない。

社会で問題を起こしているのは殆ど男ばかりと言ってよい。ただ女は物事の見方が表面的で表面を飾ったりするが、奥や本質をよく見ていないきらいがある。性格は温厚で立ち居振る舞いはお淑《しと》やかであるが、神経質的であり小さなことによく気が利くが過去にこだわりさっぱりしていないのは男より多い。女は顔のとおり子どもに近く声も高いし幼稚で冗長で話が論理的でない者もいる。女は公平とか利他意識が薄くやや利己的である。永い間家を守ってきたから自然にそうなったと思う。女は本能的に恐怖感が強く原発とか軍備増強に反対する。視野が狭いためであろう。女は概して純真であるが男は知恵や悪知恵があり人を騙《だま》す奴がいる。男は身勝手であり女はそうではないが自主性がやや欠ける。精神力や意思力は男女で差はないと考える。冒険心は女には薄く保守的で現状維持を好むようだ。忍耐力は女のほうが上だろう。恥には女のほうが鈍感なようでテレビでは派手で恥ずかしい男を誘うような露出型の服をきたりものを食べてうん美味しいと大きな口をあけて叫んでいる。女の本性として男を誘う遊女のような性質を一部の女は持っているのか疑念がある。女は幼稚で恥知らずから利口な淑女まで巾が広い。もっとも男の芸能人も下品で恥知らずがいる。

ところで、「女は子供を産むと女になる」と有名な女優がテレビで言っていたのが、印象に残っていたが、その後、ある女性が「女は命を守るのが役目です」という趣旨の言葉を言い、更に、日経新聞の私の履歴書で五百旗頭《いおきべ》真の妻が余命6月のガンの告知を受けたその時に「他の家族でなく私でよかったと思います」と医師に告げた由。この妻には夫と五人の子及び孫二人がいた。この三つの発言によって、母は子の命を守り子孫に引き継ぐことを本能的に自覚していると考える。地震などのとき子を庇って母は死に子は助かったということを聞くがこれも同類のことである。これは母親の根源的、深層的特長である。女は子を産んで脱皮するのだ。

ところが、最近の若い女には大学を卒業して男に伍して働きながら結婚して家事や育児の負担が女に重く夫は補助的であると不満を言う者がいる。「夫が家事を助けるとか育児を手伝うとか言うのはオカシイ、家は夫の家でしょう、子供は夫の子でしょう、なんで私がしなければならないの」テレビで見たその言い草には驚いた。女の根源的役割が判っていない。

以上思いつくままに男女の原則的な相違というか傾向的なことを挙げたが安倍首相は女の管理職の割合を高めたいといっているが、そのことは別に問題にすることではないが、女の上司の下で働く男の職員とでは男と女の違いが障害になりわせぬかと危惧するのである。男同士とか女同士であれば共通点が多いので仕事も遣りやすいが、男女で仕事をするとお互いに常識的なことが違うし色々と理解しずらいこともあるので、職種をよく吟味する必要があると思う。共稼ぎの場合は男がイクメンになることが多いようだが父に保育、教育されたら女の子は男っぽくならないか。心配いらないと言う人がいるだろうが女らしい気の利く子に育つか疑問がある。

古いと言われても私は夫婦は昔のように男は外、女は内の仕事をした方が良いと思うが共稼ぎでないと生活が出来ないと言われれば仕方がないが、出来ることなら時間が自由に選べる非正規の仕事を選び余った時間を子どもの教育や世話に廻してもらいたい。子の教育や夫へのサービスに重点を置くか又は金を稼いで夫婦と子で贅沢な暮らしをするのがよいと考えるかによって決まる。いずれを選ぶかによって子の躾《しつけ》も変わり品性や性格も相違してくるだろう。子どもの中《うち》から贅沢な暮らしに慣れたり外食の多い子は栄養も偏り後々に病気をしないとも限らないし我がままで食べ物にうるさい大人にならないか。

贅沢はなにも良いことを残さないが、質素倹約した金を使って子のために教育投資するのは子が経済能力の高い大人になる可能性も高いし質素倹約した両親の背中を見て育つので堅実な考えを持った大人になるだろう。

さて、動物の場合は牡雌の結合は種族保存のため子を産み育てることに尽きるが、よく考えてみると人間の場合も基本的にはこれが一番大切なことではないか。現代社会は複雑化してこの基本的な使命が霞んで他の付随的なことが重視されていないだろうか。この基本的使命を達成するために夫は働いているのであり、夫の働きはそのための手段であり働くことが目的ではない。夫婦の中では子を産み保育し教育する妻が主役であり、この目的のために働く夫は助役である。この大切な主役の目的を軽視して外で妻が働くのはいかがなものか。子どもの教育には妻は教育図書をしっかり勉強しないと正しい教育したことにはならない。子どもが高校を卒業したらまた異なる行動をとってよいことは言わずもがなである。

私の偏見かもしれないが敢えて言うと、衣食住のなかで食を重視する人は下流、衣を重視する人は中流、住を重視する人は上流に属する傾向があるように思う。歴史やテレビを見てもそういう印象が強い。江戸で嫁を質に入れても初鰹《はつがつお》を食べたいという江戸っ子は裏店《うらだな》の長屋住まいの庶民である。

武士や上級の商人は戸建ての家に住み食事は質素であり、不満を言う子はいない。

或る調査によると東京大学入学者で成績の良い学生と育った住宅の広さの関係は成績の良い学生ほど広い住宅で育ったという比例関係があった由である、住宅が広いということはその中で静かに勉強できることもあるが母や父の良い教育を受けて育ったことを意味しており、母が共稼ぎのために留守である広い住宅の中で子どもが留守番している場合は該当しないと思う。

平成二十八年五月の日経新聞社による調査によると「夫は外で働き妻は家を守るべきか」というアンケートに賛成の人は37・4％であり反対の人は41・1％であり分らない人は21・5％であった。賛成の理由の第一は「子供の成長に良い」と回答している。当然のことながらそのことを自覚した利口な両親が四割弱もいることにまだ日本も捨てたものではないと希望がもてた。

押し付けられた日本国憲法

私は広島と長崎と日本国憲法を思う時に米国が嫌いに成る。原子爆弾の投下は二十一万人の日本人を殺傷しているのだから完全な国際法違反の大犯罪であり、永久に米国の名を残虐な国として世界史に刻印するものである。

私が大学生のころ宮沢俊義著の日本国憲法を精読していたが、十八才の若造の私でも憲法の前文と第九条は納得がいかなかった。納得いかない憲法を学ぶのは苦痛であった。宮沢の解説も迫力がなかった。憲法前文の中段には「・・・日本国民は、恒久の平和を念願し、人間相互の関係を支配する崇高な理想を深く自覚するのであって、平和を愛する諸国民の公正と信義に信頼し、われらの安全と生存を保持しようと決意した。・・・」とあるが法的には自国の運命を自主的に決定するのが独立国であるが他国の意思にゆだねるのは非独立国であり属国ではないか。

又、現実をみると世界各国にはそれぞれの事情や主義や方針もあり平和は日本一国のみが希望しても達成されるものではない。近隣の中国をみると覇権《はけん》主義により東南アジアの海域を我が物にしようとしている。露国は不法占領した北方四島を七十八年経っても返す様子はない。公正と信義が何処にあるのか。北朝鮮では正気とは思えない原爆実験やミサイル発射をしているではないか。このような現実の中で日本の安全と生存を保持しようと決意したとはあまりに幼稚な作文ではないか。このような現実が現存するなかで自国だけで崇高ぶっても子どもじみた理想論は世界中から奇異な目でみられまるでドンキホーテの如き有様である。

更に第九条は「・・・国権の発動たる戦争と、武力による威嚇又は武力の行使は、国際紛争を解決する手段としては、永久にこれを放棄する。前項の目的を達するため、陸海空軍その他の戦力は、これを保持しない。国の交戦権は、これを認めない。」ここにも国家の主権の放棄が謳《うた》われ国家の本質的機能である外敵に対する防衛権が否定されておりいわば独立国家たることを憲法自体が放棄しているのである。まるで魂を抜かれた憲法である。日本は独立後も実質的には独立していないで米国の占領下にあるのだ。もしわが家に刃物を持った強盗が侵入しても手向かいはしない、近隣の人が守ってくれるので、それを信じることにした。それで、防具や警棒は持たないことにした。と言っているのと同じではないか。空念仏を唱えて盗賊を折伏《しゃくぶく》しようとしているのだ。

以上をみると利口な人ならこの憲法は日本が自主的に作ったものではないとすぐ推測するだろう。憲法が作られたときは昭和二十年の敗戦の翌年でありGHQ（連合軍最高司令部）のマッカーサー元帥が日本を占領し民政を敷いていた時代であり、全ての法律案は先ずGHQの事前検閲を経て国会に上程される仕組みになっていたので、憲法も同じ手続きをふまざるをえなかった。この憲法が現実に作成された過程を児島襄《のぼる》著「史録日本国憲法」によって要点を述べたい。

マッカーサーはポッダム宣言（昭和二十年七月米英中露の首脳が日本に発した共同宣言で降伏条件、日本の徹底的民主化、戦争犯罪人の処罰などをうたいこの宣言を遵守すれば降伏を認めるとしたものであり、日本はこの宣言を了承し降伏した）に従い徹底的な民主主義をもとめ他方では日本の軍国主義の牙を抜いて二度と米国の脅威にならないように考え「マッカーサーノート」という戦争放棄と武器、戦力の不保持を書いた紙切れを部下にわたし後は部下に任せるとして日本国憲法案の作成を民生局長ホイットニー准将に命じた。

当初は日本政府の憲法案が提出されるのを待ったがなかなか出てこないし出てきたのをみると旧憲法である大日本帝国憲法の二割程度を改正したものでマッカーサーの考えとは大幅の乖離《かいり》があり、日本政府の憲法調査委員会の委員長である松本丞治国務大臣の保守的な考えでは不可能と判断した。

そして米国政府より日本国憲法はあくまで日本が自主的に作成したものであることを訓令されていたので、民生局が作成した案を日本政府に提示したが頑固な松本大臣は米案は日本の国情に合わないので政府が米案の憲法を作ることは出来ないので、強制するならマッカーサーの命令を出してくれといったが拒否された。

そして、民政局長ホイットニーは天皇の身体に危害が及んでも良いのかと脅してきた。松本大臣はおぼろげながら意味は理解したが正確には解らなかった。当時は天皇を死刑にせよとか天皇制を廃止せよとかいう反日国が中国、露国、フィリッピンなどあった由だが日本にはそういう情報が入ってこなかったので松本大臣も知らなかった。又、政府がいうことを聞かぬならGHQが民生局作成案を公表し次ぎの総選挙で国民に選んでもらおうとも言った。

政府は幣原《しではら》総理大臣以下対策に困って天皇に報告し意見を聞いたところ、GHQ案を天皇は「仕方がなければそれよりほかはないだろう」という回答であった。天皇のほうが世界の常識に少し明るかった。松本国務大臣は時間を掛けて民政局長ホイットニーと交渉して過激な民政局案を少しでも骨抜きにしようと考えたが、拒絶されたうえに回答期限を切られた。

日本政府は万事窮すで期限の昭和二十一年三月五日までに民政局の監視の下で徹夜の連続により日本国憲法案を完成した。この案を基に吉田内閣は衆議院と枢密《すうみつ》院を共産党の反対があったが賛成多数で通過させ昭和二十一年十一月三日に公布した。

与論調査研究所が天皇制について五千人の国民にアンケート票を送ったところ二千四百の回答があり二千百八十四の賛成があったがそのうち四五％は天皇は政治の圏外に去り民族の道義的中心になられることを条件にしていた。松本大臣など保守派は天皇については旧憲法と同じく日本国の君主即ち政治的中心にしたいという考えを持ちGHQと交渉していたが国民はGHQに近い考えであった。

GHQは国民の考えを知っていて天皇制は絶対に維持しようとの方針を持ちながら天皇の身体に危害が及ぶという脅しをかけたのである。戦争放棄についてはGHQの民政局のなかでも戦争放棄の国は世界に無いし過激ではないか、日本は米国の敵にはならないだろうが味方にもならないがよいのかという疑問も出た。

GHQが日本政府に期限を切って追い立てたのは米国に十一カ国からなる極東委員会がありこの中の反日国が活動を始めてGHQ案に横槍をいれてくると厄介なことになるのでその前に憲法案を公表しようと計画し逆算して期限をきって政府を追い立てたのである。

つまりマッカーサーは日本国憲法を作りこれを自分の功績として早く日本を独立させて凱旋《がいせん》したかったのだ。

憲法草案に携わったGHQの民政局のメンバーに触れておきたい。民政局は総員二十五名でありうち二十一名名と他局より四名の応援で合計二十五名が草案の作成に関係した。このうち幹部のケーディス大佐と中佐二人は弁護士あがりであるが商法の専門家であり、メンバーの中には憲法の専門家はいなかった。

憲法学者でもない連中が憲法草案をどんな根拠によって作成したのか疑問であるが完成した草案をみると米国の独立宣言やリンカーン大統領やルーズベルト大統領の演説の一部に酷似しているので、恐らく米国の名演説や米国憲法のなかから選び出してそれを継接《つぎは》ぎして作成したものと思う。二十五歳の女性が作成した一条もあると聞いている。道理で、米国臭のする憲法になったわけだ。しかも、憲法ともなると国家の基本法典だから時間をかけて厳粛な文体を練りに練って作るのが普通であるが、GHQ案を直訳に近い程度に翻訳した憲法は生硬な素人臭い文体になった。

昭和二十一年二月十三日松本大臣が政府案をGHQに持参して拒否され同時にマッカーサー草案を手交されて政府案とのあまりに違う内容に驚き持ち帰って協議しその後何度も一部修正を請願したが、当馬《あてうま》として予定されていた二院制しか認められず二月十八日には逆に四十八時間以内という最後通告期限を通告される始末であり、天皇の了承を得て、二月二十三日に松本大臣がマッカーサー案の日本語化に翻訳を開始しその後翻訳者を増員して同時に日本語の憲法案の米語化を民政局の職員とともに徹夜して完成させたのは三月五日であった。

この間たった十日間の作業で日本国憲法の原案は作成されたのである。超拙速憲法原案である。期間といい中味といいいくら敗戦国とはいえマッカーサーが日本国を馬鹿にするのも程がある。当時の日本国の骨のある指導者の無念はいかばかりか。敗戦とは現在想像できない位悲しいことであっただろう。マッカーサーもこんな国情を無視した国籍不明の憲法は仮の憲法であり十年もすれば改正されると思っていただろう。

私が残念に思うことはGHQの占領下であり巨大な権力に支配されていてマッカーサー

草案の修正は非常に困難であったことはよく分るが、幣原内閣は九十六条の憲法改正の手続きに「各議院の総議員の三分の二以上の賛成で発議し国民の過半数の賛成を得る」を「各議院の総議員の過半数に」修正することに全力を挙げてマッカーサーに働きかけるべきであったと考える。占領下では通らないことは独立後に改正すればよい。そのためには露国や北朝鮮らの共産勢力を米国と共に防ぐためには改憲手続きも簡素化すべきであるとか説得すればマッカーサーも応じたかもしれないが改憲手続きについて交渉したという記録はない。

以上のべたように日本国憲法は米国の押し付け憲法であることは歴然たる事実であり、当時から日本国内でも米国でも米国政府又はGHQが押し付けたものではないかという疑惑があつた。

昭和三十一年に押し付けられた憲法を日本人が作成する憲法に改正する目的もあり自由党（総裁緒方竹虎）と民主党（総裁鳩山一郎）は合併し自由民主党（総裁鳩山一郎）になった。それから六十四年、押し付けられた憲法が成立してから七十四年の時が流れたが未だ自主憲法は作成されていない。社会党らの革新系と売国奴的文化人の煽動により国民の反対もあり憲法改正は実現しなかった。

日本人は世界の中で一番非政治的な呑気な国民ではないか。いや恥を知らない国民と言いなおしたい。同じ敗戦国ながらドイツは五十八回、イタリアは十五回の憲法改正がされている。ドイツの憲法はドイツ基本法というもので、西ドイツで制定された。改正の殆どは技術的なものであり、第一条の人間の尊厳の不可侵と第二条の主権が国民にあるという件《くだり》は変更されていない。従って、憲法の基本部分の改正をしようとする日本とドイツとの単純比較は意味がない。しかし、奴隷的な日本国憲法を存続させたら日本人の人間性が世界の人から疑われる。

私は憲法記念日の集会に参加したことは一度もない。日の丸の旗を立てたこともない。記念すべき日ではない。むしろ屈辱の日と思う。内容の如何を問わず外国に脅され押し付けられた和魂を抜き取られた憲法を有り難いとは思わない。私は一日も早く格調の高い日本流の文体による憲法が作成されることを祈念している。

外国が侵略してきたら降伏すればよいと言ったという社会党のある党員や天皇制の存続に反対するため憲法の制定に反対しておきながら憲法改正に反対している共産党はどうしようもない売国奴であるから無視するほかはない。憲法が戦争放棄していることを奇貨として他国の侵略を狙っている中国や気違いじみた北朝鮮、世界秩序を無視するロシヤなどの近隣に位置する日本としては是が非でも伝統的な日本文化の尊重をうたい強力な自主防衛ができる常識的な新憲法を国民の力を統合して作成しようではないか。

余談になるが、マッカーサーは朝鮮戦争（昭和二十八年）後に帰国して米国議会の安全委員会で「日本が満州や中国でしたことは間違ってはいなかった。間違っていたのは米国だ。日本の東条首相は満州と中国の共産主義化を恐れていた。朝鮮戦争を体験して東条の主張が正しいことが分った。日本に代わって米国が同じことをしている。」と言う趣旨の証言をしている。マッカーサーは恐らく日本国憲法から自衛権を放棄させたことを後悔したことだろう。但し、この憲法は日本人が自主的に作成した体裁になっているので、自分の失敗とは言われない。

マッカーサー元帥も朝鮮戦争では一時は敗北して後に巻き返して三十八度線で休戦協定をしたが、途中では原子爆弾を使用しようとしてトルーマン大統領に罷免されてミソをつけ大統領になる夢も破れた。マッカーサーには共産主義の危険性の認識が薄く又、露国と中国の将来と日本の将来を見通す眼力が驚くほど欠けていた。人間は傲慢になり人の意見を軽視するようになるとお終《しま》いである。

与えられた人間の尊厳

昭和二十年の大東亜戦争の敗戦前には見なかった言葉に尊厳という言葉がある。近年、尊厳死、マイノリティの尊厳、胎児の尊厳、高齢者の尊厳、また病人の尊厳などを聞くことがある。漠然と理解していたが、尊厳という言葉の濫用の気味があり少し気がかりになり調べてみた。

人間の尊厳の記載がある議決や法律を古い順に並べてみよう。第一は国際連合憲章である。大正八年の国際連盟が機能しなかったので、悲惨な第二次世界大戦が起きたという発想から昭和十七年十月より米国政府内で国際連合を創立する研究が重ねられ作成された案文を基に連合国（日本、ドイツ、イタリアに宣戦した五十国）のサンフランシスコ会議によって昭和二十年六月二十六日に署名され、安保理常任理事国五ヶ国とその他の署名国の過半数の批准書が揃った十月二十四日に国際連合が創立され、国際連合憲章が発効された。

この憲章の前文に「・・・基本的人権と人間の尊厳及び価値と男女及び大小各国の同権とに関する信念をあらためて確認し・・・という文章がある。昭和二十年六月二十六日は日本の敗戦の五十日前である。広島、長崎の原発投下が八月六日と九日であるから人間の尊厳を守るべき国連憲章が署名されてから四十日後に広島に原発が投下されている。第二は昭和二十一年十一月三日に公布した日本国憲法第二十四条である。国連憲章前文の人間の尊厳を強要されて第二十四条に「法律は個人の尊厳と両性の本質的平等に立脚して制定されなければならない」と記載させられた。第三は昭和二十二年十二月二十二日に改正公布された日本の民法第二条である。憲法第二十四条をうけて「この法律は個人の尊厳と両性の本質的平等を旨として解釈しなければならない」と書かれた。第四は昭和二十三年十二月十日に国連総会によって採択（賛成四十八票、反対零、棄権八票）された世界人権宣言の前文と第一条である。すべての人民・国家が達成すべき基本的人権についての宣言である。三十条よりなる第一条には「すべての人間は、生まれながらにして自由であり、かつ、尊厳と権利とについて平等である。」とある。元来は四十八国のみの賛成（棄権八国）の議決による宣言であり法的拘束力はないとされたが、国際関係の中で重視尊重されてきて現在は国際慣習法の地位を獲得していると考えられている。日本は昭和二十七年のサンフランシスコの講和条約の前文で世界人権宣言の実現に向けた努力を宣言している。以上で尊厳の法制の大枠を概観した。

さて、先ず尊厳なる言葉について考察してみたい。先ず頭に浮かぶのは尊厳という言葉は本来は「神仏の尊厳」のように、超絶したものを表現する言葉である。比較が不可能な尊厳を持つ神佛よりみれば人間は虫けらのごとく卑しい存在である。その虫けらが尊厳をどうして持つのか。

キリスト教の旧約聖書創世記には「神は言われた。我々にかたどり、我々に似せて、人を造ろう。そして海の魚、空の鳥、家畜、地の獣、地を這うものすべてを支配させよう。」とある。キリスト教世界では人間は神によって造られた特別の存在であり、人間以外の動物は人間に奉仕するための存在とされる。人間の繁栄のために動植物を利用することは神から与えられた正当な権利であり、動植物は人間の役に立つことが神から与えられた役目であるといえる。こうゆう思想に依ると人間は動物とは比較不可能な超絶した尊厳を持つことになる。従って、国連憲章や世界人権宣言は意識的にか無意識的にかキリスト教を非キリスト教国に押し付けていることになる。

日本では昔からあらゆる物に神が宿る八百万《やおよろず》の神の国である。従って、人間と動物の違いは比較可能なものとして考えられている。人間と類人猿は遺伝子では一％しか差がないそうである。動物をよく観察していると知能にしても心にしても相当なものがあり。今まで人間が過小評価してきたものが、科学の進化によって目下再評価されている状態である。日本の動物観のほうが科学的でありダーウィンの進化論とも調和している。

キリスト教では人間は神が創ったものとされるので、ダーウィンの進化論によると猿が進化したものということであるからこれを承認できないので、教義が根本的に破綻していることになる。国連憲章にしても世界人権宣言にしてもキリスト教の人間観の上に構築された人間の尊厳は日本はもとより非キリスト教国家では額面どうりには受け容れられない性質の言葉である。国連憲章の尊厳の原語はdignityらしいが、これの日本語訳が尊厳ではなく尊重にはできなかったのか。日本国憲法の第二十四条の尊厳は国連憲章前文のdignityの押し付けと推測されるが、その日本語訳の尊厳もGHQ（連合国最高司令部）の承認を得ているので、このときに日本政府は尊厳ではなく尊重などを主張したのか不明である。

現人神《あらひとがみ》といわれた昭和天皇は明治二十三年施行の大日本帝国憲法第三条には「天皇は神聖にして侵すへからす」と記載されている。神聖と尊厳はほぼ同じような概念と思うが、人間の尊厳という使われ方をすると赤子や痴呆症の老人にも尊厳があることになるので、それは全くオカシイので必然的に人間の尊重という意味にしか解釈できない。人間の尊厳ではなく生命の尊厳又は人間の尊重に置き換えて読むべきではなかろうか。尊厳という言葉は神仏の尊厳、天皇の尊厳、尊厳死くらいにしか用いられない言葉と思う。人間の尊厳や個人の尊厳という言葉は死語にすべきである。

前文科省事務次官の前川喜平氏は「個人の尊厳から出発する教育論」という講義をしているが、この場合の尊厳は前述のごとく尊重という意味と思うが、それを敢えて尊厳としたのは世界人権宣言に従ったのであろう。子供の「いじめ」防止や不具者への憐憫《れんびん》などには尊厳という不適当な言葉を使う必要はないと考える。前文科省の事務方トップがキリスト教を根にもつ尊厳を軽々しく使用していることは洋魂洋才の人が日本の教育を司《つかさど》っていることであり、情けない。

さて、前述したが人間の尊厳を前文に掲げる国連憲章が連合国によって署名されて四十日後に広島に原発が投下されている事実について考察してみよう。

国連憲章の案文は米国フランクリン・ルーズベルト大統領のとき国務省が作成し、ルーズベルトが昭和二十年四月十二日に急死したので、副大統領のトルーマンが大統領になり国連憲章に署名した。

原発投下は陸軍省がトルーマン大統領の承認を得て実施している。例え対戦中とはいえ広島も長崎も市民の住む市街地に投下されている。これは人間の尊厳を冒すことは勿論のこと戦争犯罪に該当するものである。トルーマンは日記に「原発の投下場所は軍事基地を目標にすること、決して一般市民をターゲットにすることがないようにとステムソン陸軍長官に言った」と書いている。ステムソンは元弁護士であり知的で信頼があるため各政権で重用された人であるが、当時八十才に近い老人であり、トルーマンとは不仲であった由であり、原発投下の総責任者はレスリー・グローブス少将であり倫理観の薄い彼の独断的裁量によって実施されたようである。トルーマンは三番目の原発を小倉市に投下したいというグローブスの申し出を拒絶し、閣僚を集め原爆投下の中止を指令した。

善人と言われたトルーマンが何故原発投下を許可したのか。彼の日記によると日本軍の熾烈な抵抗により若い米軍人が多数死傷しているので、これを即刻中止させることにあったようだ。

米国内には陸軍次官ショセフ・クルーは砂漠か無人島で実験し日本に事前警告をして日本が聞かないときは実施することを提案したが反対された。次の四十四代大統領になったアイゼンハワー元帥も太平洋艦隊司令長官ニミッツ提督も原発投下には反対であった。原発投下自体に反対する多数科学者の陳情書も提出されたがグローブスに握りつぶされてトルーマンには事後に渡された由。米国にも多数の人命を尊重する人達がいたがその意志は無為に帰した。トルーマンは原発投下によって米兵の死傷をくい止めたのだから、国連憲章の人間の尊厳を守ったことになるが、国連憲章の人間の尊厳の人間は自国民だけでなく対戦国の国民も含むのではないか。含むというよりむしろ対戦国の国民に重点をおいた言葉だと思う。そうでなければ国連憲章に掲載された意味がない。

しかしながら、深重に再考してみると原発投下は国連憲章とは実質的には関係がなかったのではないかと考えている。原発投下は国連憲章の署名はしてあっても国連はまだ創立されていない段階であり、国連憲章の重要部分は安保理事会の権限などにあり前文の人間の尊厳などは飾りのような意義しかないものであり、トルーマンの頭には入っていなかったのではないか。従って、原発投下の決断のときには国連憲章の前文の人間の尊厳はトルーマンの頭にはなかったと思う。しかし、トルーマンが人間の尊厳を尊ぶ本当の博愛者であれば、原発投下の総責任者グローブスを解任し（解任しておれば長崎への投下はなかった可能性が高い)、事前警告を日本におくり日本がこれを無視したときに事前警告の原発投下を実施しただろう。又はその時でも原発投下は実施しなかっただろう。トルーマンは善人と言われていたが、通り一遍の平凡な善人だった。いや、大量殺戮の原発投下を避けるためのあらゆる努力をせず安易にパンドラの箱を開けてしまったトルーマンは大統領に相応《ふさわ》しくない怠け者で偽善者で人類の敵であると言わざるを得ない。

いずれにしても、国連憲章で尤もらしく人間の尊厳を謳《うた》っておきながら、手の平を返す如く四十日後に残酷極まりない原発投下をした米国のその発案による国連憲章の前文の人間の尊厳は実行する気のない軽い虚拙の宣言であると言われても反論するのに窮するだろう。これに掲げる人間の尊厳を日本人としては素直に受け容れることは出来ない。

緩急自在

人生には集中と弛緩がないと締まりがない。戦国武将は伝記を見ると戦争の連続かと思うが、徳川家康などは趣味も多彩で囲碁は六段位の実力だったようで囲碁殿堂に第一号として入れられている。薬草作りも医学も造詣が深かったようで、医者の診断に異議をとなえた由てある。儒学も相当に勉強したようだ。茶道を好んだ武将も多い。織田信長、豊臣秀吉、古田織部など等。

戦争と茶や囲碁はまさに動と静である。豊臣秀吉の朝鮮征伐の際中に秀吉の妻ねねの弟の浅野長政は軍監の役にありながら石田三成の相談に取り合わず碁を打ち続けたということで、秀吉の叱責をうけている。正に「忙中閑あり」である。

さて、現代の話になるが、政治や企業の仕事と趣味を両立している人は結構いると聞くが、一般的には現代人は何かに追われているように仕事に没頭している者が多いようにみえる。これではいけない。戦国武将のゆとりを見習うべきだ。猪突猛進では良い知恵も浮かばないし失敗することにもなる。集中する時と弛緩して頭を休ませることが人間には必要ではないか。私は若いころはサラリーマンで平凡な仕事で集中することがすくなかったが、不動産鑑定業を始めてからは集中と弛緩が混在するようになり、暇な時は碁やゴルフなどで気分転換した。同業者の中には過労で机に伏して死亡したり、収入のことばかり考えすぎて体調を崩し若死にしたり、病気になったりした人がいた。

メリとハリは現役中にもなくては成功や出世はできない。ゆとりのない人には良い知恵は浮かばないし機転のきいた思考や動作は出来ない。又、一方行の仕事を続けていると偏りがでるしマンネリにもなるので一休みも必要である。これによって方向転換も見えてくる。

私生活でも同じで例えば、良い土地やマンションの売りが新聞広告に出た時は休暇をとって2時間以内に現地調査をするくらい迅速でないと他人に先を越される。所有土地に建物を建てるときはゆっくりの対応の方が良い。建築業者は多数いるので急ぐことはない。建築業は重層構造になっていて一流会社は価格が高いが信用できるからと選定しても実際に施工するのは子会社は良い方で孫または曾孫会社であり、手抜きも有り得る。素人が騙されるのは土地よりも建物のほうが多い。現在は見え透いた欠陥は少ないが、商品と価額が釣り合っているかが問題なのだ。不動産は訴訟の三割を占めるという世界であり奥が深いが素人は単純に考えている。

株売買はどうだろうか。原理は簡単であり、安い時に仕込んで高い時に売るだけのことだ。しかし、現実には株で儲けることは容易なことではない。「株は買うべし売るべし休むべし」といわれるが、休むべしが大切なのだが、これがなかなか出来ないで年中株に振り回されて損ばかりしている人がいる。これもメリとハリのない素人である。株は海千山千のプロと素人が混在する世界だから、素人は色々と技術的なことを勉強するよりも高い時は休んで安くなって仕入れ高くなって売るのが精神も安定し効率も良いと思う。ただ高い時と安い時はいつかを判断するためには日経新聞を読んだり専門家に聞くことが大切である。そして、「頭と尻尾は呉れてやれ」という格言に従い、ゆとりをもって取引した方が精神の安定のために良いと思う。

私の知人で本人はあまり勉強せずに疑問は詳しい人に電話して聞く人がいた。私は電話魔とかドンファンとよんでいた。女遊びがすきで毎日のように遊んでいながら財産はちゃんと持っていた。緩急自在でありまた悠々自適の人である。

金銭哲学

人生を豊かに暮らすには人との人脈の質や多寡、家族関係、教養の有無、趣味など色々あるが所有する金銭の多寡も大いに関係する。人の金銭についての対応には消極型と積極型があると思う。消極型の人は何事にも消極的で特別の努力をしない人か又は仕事が忙しくて疲労している人などであろう。このタイプは金銭に対しては防衛的であり生活費は始末をして少しづつ貯金をしているタイプで生活防衛派であり金銭哲学などは特にもたない多数派である。

相当な収入があるのに貯金する気がなく浪費するだけの享楽的性格の人もいる。この人達は目先にちらつく物やサービスに弱いタイプだ。金は愛しない人のところからは逃げ出す。

積極型の人は少数派であるが目先のささやかな消費はあまりしない。我慢しているわけではなく物を買ったりサービスを受けたりする小欲がないのだ。このタイプの人は金の威力を知っているのでこれを増やして自分や家族や国家社会のために如何に使おうかという金銭哲学を持っている。中には無目的に金を儲けている強欲タイプもいるがこの金は死に金と言うべきで間違った哲学の持ち主だ。

金儲けをして金で時間を買う人もいる。例えば小説家松本清張は小説の材料調査のために五十人の調査員を使用して五十倍の時間を買って資料に裏付けられた迫力のある小説を書いていたという。企業はＭ＆Ａにより他の企業が長い時間をかけて得た先進技術を金で買うことが出来る。これも時間を金で買っているのだ。金は人材を創造することもできる。子供をエリートにするために一流大学を卒業させるために惜しげもなく金を使う人もいる。教育は国家社会にとって最も大切なことと思う。

金の効用を最大限に生かす組織は株式会社だ。金の力で優秀な人材を集め世界中から情報を集め日夜研鑽し金を増殖している言わば金の工場だ。それだけではない。あらゆる商品やサービスを生み出し国家社会を裕福にしている。国家の柱は企業である。企業の盛衰で国家の運命も変わる。

株を売買する人は信用できないとか一角《ひとかど》の人物ではないとか偏見をもっている人がいるがこれは時代錯誤である。金儲けの外観だけで人を評価すべきではない。稼いだ金を如何に使うかによって評価すべきだ。金は有意義なことから無意味なこと、卑しいことから尊いことまで何にでも使える。英文学者の戸山滋比古《しげひこ》氏は「思考の整理学」というベストセラーの著者であるが、九十三歳の時でも株式投資を博打《ばくち》であると言い楽しんでおられる。

江戸時代までの武士社会では武士は金に淡白なことが求められたが、明治以降は殖産興業が立国の柱となったので頭を切り替えないといけない。ただし、武士の潔《いさぎよ》さなどは捨てたら、ただの強欲になるので駄目だ。日本資本主義の父と言われる渋沢栄一は「論語と算盤」と言う本の中で「士魂商才」を唱えている。「武士的精神が必要であることは無論であるが、商才というものがなければ自滅を招く。士魂を養うには論語は最も士魂養成の根底となり、商才も論語において充分養える」と述べている。

私は株を買う時は日本の柱である企業を支えるつもりで買っている。単なる金儲けとは考えていない。私の夢は大金を稼いでこの金を基金にして日本立国研究所を立上げて研究成果を新聞に広告して志ある人達の奮起を求めることだった。しかし、大金を稼ぐことも不可能だし私の年齢も賞味期限はとっくに切れている。だから全くの妄想になってしまったが、今はただ具体的なことまで夢想するのが楽しい。私は小さな物欲などにはあまり関心がないが大欲者である。結局、金の有り難さが解っているのは極貧者と大欲者かもしれない。

日本伝統文化の復活

日本人が外国に行くとよく宗教を聞かれるらしい。お脳の弱いスポーツ選手等が答えられないで困ったという話を聞く。外国は宗教が盛んな国が多いが、日本は仏教国と言われながら実態は仏教の一部とキリスト教や創価学会等の新興宗教を除いて大部分の国民は無宗教者である。宗教は仏教だと答えられても仏教の初歩的なことを聞かれると何も答えられない。日本の文化を色々聞かれても何も答えられない。これでは好奇心の強い外人から見たら日本には文化はないのか。スポーツとか日本料理や技術や経済とかは有名だが精神は希薄なのか。日本人は無思想の単細胞なのかと疑われる。私は日本くらい多種多様な深い文化を持った国は他にないと思っている。

明治以来洋式文明が流れこみ更に昭和二十年の敗戦以来米国の幼稚な文化が怒涛の如く

流入して日本人は本来の文化を忘れてしまった。言わば日本人の大部分は国籍不明人となり伝統文化という背骨を失った軟体動物になってしまった。ノーベル賞候補の小説家で国粋主義者の三島由紀夫（五十年位前に切腹して死亡）が生存していたら、現状を何と言うだろうか。胸がすくような啖呵を吐けるだろうか。それとも諦めて口を閉ざすだろうか。それともこういう激動期は大多数の精神年齢が低く日本文化の優秀さが判らない幼稚な連中はこうなるのは仕方ないが、一握りの各部門の指導者層がいるので、伝統文化は必ず後世に引き継がれると言うだろうか。興味のあるところである。

それにしても、現在は本格的な論客や評論家らしい大物がいないのは淋しい。米国人のドナルド・キーンや英国人のヘンリー・ストークスらの外国人が日本の伝統文化を賞賛しているのに日本人で同様なことを言う人が居ないことが不思議だ。

日本の評価は日本の伝統文化を深く理解するとともに外国の文化との比較によって始めて可能となるのだから、外国を深く知らない人の日本の評価は中途半端にならざるをえない。前記のドナルド・キーンは米欧と日本国の文学や文化を研究し外国に日本の文化を英訳して紹介した功績により文化勲章を受賞したし、ヘンリー・ストークも米欧と日本及び世界のことに通暁しているし新聞記者であり日本の外人記者クラブの会長をした人だから、日本の良さが判るのだ。

最も基本的な伝統文化は宗教であるが神道《しんとう》は特に教義はないので、宗教とは言い難いが、自然崇拝の大古より人々に崇拝されやがて先祖の神として崇拝されて今日にいたっている。将来も人々の神社への崇拝の念は変わらないだろう。

仏教はインドの釈迦に始まり中国固有の文化の道教、儒教の影響をうけて日本に伝わり日本の中で諸々の影響を受けて多数の宗派に別れ他方平安時代の末期より新興宗教が勃興して更に宗派が増えた。私がある程度知っているのは釈迦直伝に最も近いといわれる禅宗の臨済宗と新興宗教の浄土真宗などである。禅宗は自力本願であるのに対し法然が立てた浄土宗とこれを受け継いで親鸞が立てた浄土真宗は他力本願であるから真の仏教ではないという人もいるが、こんな基本的な違いがあっても一向に気にしないのは日本人のおおらかさであるが、このためにか仏教伝来以来僧侶が呪文のようなお経を唱え人々はこれを有り難く拝聴している。キリスト教とは大きな違いである。

キリスト教は日曜日に教徒が教会にあつまり牧師の説教を聞くので、修身の効果は大きいが、仏教は呪文を居眠りして聞くだけだから効果がない。私は僧侶の怠慢であると思う。仏教は良い教えを沢山内包しているのだから僧侶は檀家と接する時などには三十分程度の説教をしてもらいたい。禅宗は特に良い禅語を多く持っているのだから大いに説教に励んでもらいたい。

そうしないと仏教は益々形骸化してしまうし日本文化の骨格も空疎になる。棒読みのお経の誦読《じゅどく》は少な目にして説教を主にしてほしい。抹香臭い説教なんかと言う人もいるだろうが、それは誤解であり長い間の僧侶の怠慢によるものであり、仏教の真髄は哲学であり西洋の哲学に劣ることはないので自信をもって説教してもらいたい。祈祷や迷信めいた話や時代遅れの説教や耄碌《もうろく》した老人に意味の無い話を話すようなことは無駄であり科学的で合理的で現代の世相に合致するような説教特に心の在りかたを説いてもらいたい。

現代の豊かで自由のなかで忘れられた忍耐、克己、知足、利他心等仏教の心を人々に呼び覚ますことが出来るのは政治家でもなく学校の教諭でもなく親兄弟でもなく僧侶しかいないことを自覚して欲しい。僧侶の説教は僧侶の本来の仕事であり昔から世間に公認された権利であり義務であるから誰はばかることなく堂々と説教をしてもらいたい。

儒学は武士階級が消滅した明治時代から勢いは弱くなっても昭和二十年の敗戦までは続いていたが、それ以降は東京の湯島聖堂その他地方の孔子廟で細々と命脈を保ってきたが近年は民間でも研究会などが復活しており喜ばしいことだ。孔子の論語を越える道徳教育の教材はどこにもない。

政府も日本文化の復興に熱心になってもらいたい。まず第一は日本文化を無視した日本国憲法を破棄するか抜本的改正をして伝統的な日本文化の継承を宣言し、日本文化の発展と保護を促す規定を盛り込むこととし幼稚な外来文化の勢いを弱めるような効果を狙うようにしたい。

全国の高校生の野球とサッカー人口はそれぞれ十五万人なのに対し相撲は千人弱という有様である。文科省はなにをしているのか。全国の各小中高校に土俵を造り相撲のコーチを雇い相撲の隆盛を図ることに努力すべきである。

そして最も大切な道徳教育はされているのか。文科省の学習指導要領道徳編によると一週間に一時間の常識程度の道徳を担任が指導することになっている。道徳の内容は平易で常識的であり、小中学生用であるからこの位で適当であると思うが、伝統的な徳目は少ない。それと担任の説明、指導の仕方如何によって心に残るか否か効果が分かれるだろう。私は期待できないと思う。何故なら担任の年齢は若い者が多いし、道徳の教育をする人生経験や含蓄も多くはない筈であり、中には和魂を持たない洋魂洋才もいるだろう。道徳教育は校長が担当するのが無難である。

文科省は仏教や武士道の根幹を形成した儒学をどのように評価しているのか。よもや武士道を否定的に考えているのではあるまいか。そうであれば論語も否定的に考えているのであろう。いずれにしろ浅薄な教養では道徳教育はできない。反日的な日教組や左翼勢力に負けない重厚な文科大臣の登場が切望される。

文化庁も同様である。せっかく尺八、三味線，琴を教科にしても先生が居ないといって実施してない学校が多い由であるが、民間に師範の資格を持つ人は沢山いるのだから、適当な報酬を払えばきてくれる筈である。又、成人が伝統文化を習いたいときは授業料の援助をすることもよい。兎に角、伝統文化は家元制度があり金と時間がかかるので、敬遠される傾向があるので、教える側の師範にも補助金を出して習う側の負担を軽くしてやらないと普及は難しい。

さて、伝統文化の基盤は神道と仏教と儒学と武士道と述べてきたが、武士道は武士階級が消滅したので、今はその残影というものしかなく時とともにその影も薄れるものと憂慮していたが、数年後に変更される次の一万円札の人物に士魂商才を唱える渋沢栄一が登場することになったので、武士道の残影が大いに回復するものと期待している。正に時宜《じぎ》を得た最適任者の登場である。渋沢栄一には「論語と算盤」という本（渋沢栄一が訓話したもの）があるが、商才も論語において充分養えるという。消えようとしている儒学（論語）も回復傾向に向かうだろう。日本の伝統文化の復活への最適任者渋沢栄一の登場は喜ばしいことであり、これを決めた麻生財務大臣を評価する。

人工知能（ＡＩ）の未来

中国をはじめ先進国では労働力不足のために工場や設備のロボット化が進んでいるが、最近は人工知能の発達が著しい。米グーグルの人工知能がゲームの最難関である囲碁において世界トップ級のプロ棋士である韓国の李九段を四勝一敗で打ち負かしたのには驚いた。チェスやオセロには九十年代末に勝ち将棋は二千十年には女流棋士に勝ったが、囲碁に勝つには少なくとも十年先と見られていた。

囲碁に勝った勝因はディープラーニング（深層学習）という最先端技術らしい。これは大量データに潜む特徴を自力で見つけ出し人の直観を再現して情報の処理をする。易しく言えばプロ棋士の頭脳に記憶されている無数の棋譜の特徴を瞬時に探知し直感的に処理するということか。

いずれにせよ囲碁は人工知能が超えられない人間の最高の知性の象徴と見られていたので、この大きな山が超えられたら後は色んな方面で活用されるだろうが、進捗《しんちょく》の度合いは分野によって大いに異なるようである。

国立情報学研究所の東ロボ君という人工知能（ＡＩ）が東大合格のテストに挑戦したところ結果ははかばかしくなく国語は四十五点で最低であり最高の世界史でも六十七点しか取れなかった。原因は常識の欠如にあるとのことである。試験問題は一定の常識があることを前提に作成されているが、この常識がないと幾つもの選択肢の中でどれが常識かを選ぶ基準を持たないので、当てずっぽうの回答にならざるをえない。囲碁は常識にあたる規則は極く極く簡単であり棋譜さえ記憶しておいてこれを臨機応変に使用すればよいのであるからＡＩにとっては組しやすいということが分った。ＡＩにも弱点があることが分って実はほっとした。

ＡＩが仕事に使われるまでにはまだまだ解決されなければならない問題が沢山ある。例えば医療は医者のエゴによりカルテさえ各病院が外に出さないので、医療のデータが集らない。そもそもカルテにさえ治療の効果は記録されていないのが私の知る限りでは普通であるので、大学病院などで医療の方法と効果の因果関係を見つけて法則化するしかない。囲碁の場合は十巻に及ぶ囲碁大辞典という膨大なデータがあったから大量処理が出来たわけで、他の分野では特許などに守られていてデータが集らないので、囲碁ほど楽ではない。

むしろ明治以来の膨大な判例を保存している裁判関係の方がデータの大量処理に向いているように思う。それでもＡＩには常識と感情がないので、裁判官や検察官や弁護士が近い将来に不要になることはないだろう。公認会計士や不動産鑑定士は感情はあまり必要としないのでＡＩに取って代わられる時期が早いかもしれない。

平成三十三年には車が名実ともに自動車になり運転手は大部分は不要になる確率が高くなってきた。十年程前に軽井沢で起きた観光バスの運転ミスによる事故は自動運転なら防げただろう。自動運転は道路という限られた平面上の処理が大部分であるから、比較的簡単だ。コマツのブルドウザーはすでに二十四時間自動運転し各部に半導体のチップを付けてIoTにより全部品の点検まで自らがしている。

こうなると近い将来におきる大量の失業者はどうなるのだろう。人手不足を補うため外人の雇用などの話しがあるが目先のことばかり考えているととんでもないことになる。日本の人口減少問題も「災い転じて福となす」である。

人工知能も発達し過ぎると人間は人工知能に支配されて政治家まで不要になるかもしれない。少なくとも政治家の数は半減できるだろう。財政、国民年金、健康保険など政治の重要課題は政治家の思惑などを排除して明確な指針を示してくれると思う。人工知能は高度な判断を要する仕事の分野を侵食するので頭デッカチの人は不利だけど健康体と気転のきく頭を持つアナログ人間の残存率は高いと思う。警官、消防士、鳶などの建築、農林、水産、商店、サービス業は人間でなくてはいけない。

英国オックスフォード大学のオズボーン准教授と野村総合研究所との研究によると日本の労働力人口の四十九％がいずれ人工知能やロボットに代替される由。米国は四十七％、英国は三十五％と日本より低い。日本が高い原因は日本の高齢化にあるそうだ。若者は二十年位先にはどんな職業なら失業しないかを考えておくこともあながち無駄ではない。

十九世紀の有名な経済学者のケインズは百年後には人々は暇を如何に過ごすかで悩むことになるだろうと言っているが、ＡＩにより工場は全自動になり、全職業でも現在の半分位週三日働けば十分な収入が得られるようになるかも知れない。

東日本大震災について思う

東日本大震災は筆舌に尽くし難い大災害であり、被災者には真に気の毒で申し訳ない思いである。特に一家全滅の親類の方々や自分以外の家族を全部亡くした方の心中は如何ばかりかと察するに余りある。

東日本大震災の被害は地震による直接的被害と津波の被害と原子力発電所の破壊による被害であるが、地震による被害は比較的に軽く津波による人的被害が甚大であり死者と行方不明者の合計は一万八千四百五十六人である。家の倒壊などによる損害は生きていれば何とかなるが死んでしまってはどうにもならない。真に気の毒なかぎりである。

原子力による被害は人的には軽微であるが自然や農産物、海産物や住人への汚染の問題は五年も経過しても釈然とせず避難住民の復帰を困難にしている。

地震という災害を避けることは不可能であっても予知を少しでも早くすることができれば被害を減らせるのでこの技術の発達が急がれる。NEC は斜面の微弱な振動から土砂災害を十分～五十分前に警告できるシステムを開発した由であり全国に危険箇所は五十三万箇所あるそうで危険箇所の補修に役立ち地震対策にもなる。

実は私は震災の一ヶ月後に東北四県青森、岩手、秋田、山形を二週間かけて自動車で旅行してきた。震災を見物に行ったのではない。東北三県を旅行する予定で準備をしていたので、震災の報せを受けて不謹慎になるので一旦は中止しょうと考えたが敢えて予定を決行した。

岩手県の久慈町に入ってその惨状に唖然としたが、傾いた家屋が建っているのは数軒で跡は廃材の山が幾つも立っていたが、人は誰もいなかった。

宮古市の田老地区には世界一といわれた大堤防があったが、これが役に立たずに堤防内の町も前記の久慈町と同様な状態であったがブルドウザーが数台作業をしていた。住民は誰も居なかった。

その後は宮城県に入るのは憚られて遠野市に行き博物館の展示をみたが、東北は昔より災害が多いことを教えられた。

吉村昭の「三陸海岸大津波」によると安政三年七月の地震では三陸沿岸に津波が襲来して多数の死者がでている。又、明治二十九年六月十五日には四十mの大津波が三陸海岸を襲い死者は実に二万六千三百六十名である。当時の人口は現在の約三分の一位であるから被害の甚大さが如何に凄まじいものであったかが分る。岩手県では住民の九十一%が死亡するという村もあった。一家全滅した家は数知れなかった。

昭和八年三月三日にも三陸海岸に大津波が襲来した。この時も死者は二千九百九十五名の大被害をもたらした。

安政三年の大津波から四十年で明治二十九年の大津波、それから三十七年で昭和八年の大津波、それから七十七年後に東日本大震災が起きている。明治二十九年の大津波から昭和八年までこれといった津波災害の防止対策はとられていなかった。そうした反省もあって昭和八年の大津波後は防潮堤、非難道路が新設されたり地震津波に対するパンフレットが配布されたりした。住宅の高所移転も勧められたが応ずる者は少なかった由である。過去に何回もの周期的な大地震と津波の大被害を受けているのにも係らず先ず県庁や市町村役場はどのような対策を立てていたのか分らないが何か怠慢があったのではないかと思う。

前記のとおり過去に約四十年毎に二度の大津波がありそれから四十年経つと昭和四十八年になるので、そろそろ厳重な準備が必要ではなかったか。地方公共団体がしっかりしてもらわないと住民個人ではどうにもならない。

宮古市の田老地区の道の駅を少し南下した国道沿いには「田老の大堤防」の看板があり東洋一の規模と書いてあったように記憶しているが、皮肉にも大堤防は観光施設になっていたのだ。

テレビによると今回の津波では堤防の門が閉まらなかった由である。もし門が閉まっていれば堤防は高さ十ｍであるから、津波は堤防を越えてきたとはいえ住民が高地に逃げる時間の余裕はあった筈だ。

次に住民の呑気さを感じる。住宅の高所移転をしておればこんな惨状にはならなかっただろう。

そして東京電力の不注意と無責任を強く感じる。その背後で電力会社を監督する建設省（国土交通省の全身）の原子力行政の不徹底を感じる。

東京電力の福島原子力発電所は津波により破損したが、東北電力の女川《おながわ》原子力発電所は同じ三陸海岸沿いに有りながら損傷はなく震災当時は逆に住民の避難場所になっていた。両者の違いの根本原因は単に高台にあるか低地にあるかである。東北電力では設計の段階で拘《こだわ》る煩型《うるさがた》の重役が居た由で過去の災害の歴史を調査したものと思う。原発のような危険なものを設計する場合にはその立地の過去の災害の歴史を調べるのは当然過ぎることではないかと思う。

東京電力はそれをしなかったか又は災害の歴史は知っていたが軽視したかのいずれかであろう。東京電力の三名の重役が告訴されたが検察庁が罪なしとして却下したので、検察審査会が再告訴し刑事裁判が始まることになった。被疑者三名は無罪を主張しているが三陸海岸の津波の歴史を知らなかったが、知らなかったことは過失には当たらないとでも言う積もりか、それとも知っていたが原発は津波には耐えられると信じていたとでも言う積もりか。これだけの災難を防ぐことができなかったという責任感はないのか。刑法に触れるとか触れないとかよりも前に人間として道徳的責任を感じないのか。東京電力はテレビの報道によると、内部より危険性の指摘があり、海岸線に沿って堤防を設置するプランを重役会に提案したが、採用されなかった由である。いずれにしても、これだけの重大な被害を出し国家の信用を失墜させた責任は重く、責任を取ってもらわねばならない。

電力会社は原価主義会計を認められていて高い石油を輸入したり従業員に高い給料を払っても総原価に一定の利益を載せて電気料金を決めることが認められていたので苦労することはなかった。日本の電気料金は米国の三倍、韓国の二倍であるがこれは電力会社の怠慢と無責任の所為である。津波による原発の破壊も無責任体質の産物ではないだろうか。

最後に、東京電力のだらしない三名の重役は無罪を主張して逃げまわり、最近最高裁で無罪の判決を得た。納得できないのは私だけではあるまい。

弥馬台国論争

江戸時代の初期より儒学者や国学者により研究が始まり明治になると東京大学や京都大学を中心に多数の学者や民間の研究者も加わり現代では民間の学者である古田武彦や安本美典の主催するアマチュアの研究家や学者の発表会が盛んに催されて合計すると延べ数十万人ともいわれる参加者の研究会等の催しがされているのが邪馬台国論争《やまたいこくろんそう》である。

私も五十歳頃に古田武彦の本を数冊読み民間の研究団体に所属して発表会に通ったり遺跡めぐりをした。その後安本美典の論理的な研究の本を読み私の頭の中では邪馬台国問題は決着がつき終了した。現在は出雲と大和の関係の本を読んでいる。今後の問題は出雲と大和と邪馬台国の関係が解明されるべきだと考えている。

さて中国の歴史書の中に倭《わ》（日本の古代名）のことが記載してあるものを挙げてみたい。

中国の後漢書のなかに西暦五十七年に倭国《わ》の奴国《な》（福岡平野）から貢物をもらった。使者は奴国は倭の最南端にあるという。光武帝は使者に印を授けたと記してある。その印は偶然にも福岡市の志賀島で発見された漢委奴国王《かんのわのなのこくおう》の金印である。福岡市美術館に金印のレプリカが展示してある。それから五十年後の百七年に倭国の王帥升《すいしょう》が生口百六十人を献じ皇帝へのお目通りを願ったとある。

それから百三十二年後の西暦二百三十九年に倭国の女王卑弥呼《ひみこ》は使者を派遣し生口十人を魏の明帝に献じ奉献を願うと明帝は親魏倭王《しんぎわおう》の金印と銅鏡百枚を使者に授けたと魏志倭《ぎしわ》人伝《じんでん》に記してある。

魏志倭人伝とは後漢の後を継いだ魏の歴史書である魏志に付属する東夷伝の中の倭国の歴史書である。中国は大国意識が強く周囲の国を野蛮国とみて属国扱いをする中華思想をもち、近隣の国の歴史まで記録したのである。そして、登場する人名や地名には卑しい字を当てて見下している。

魏志東夷編の中の「倭人伝」は魏略（民間の歴史家が書いた魏の歴史書）に書かれてい

る後漢の終わり頃の西暦百九十年頃に倭国の使者になった後漢の役人の旅行記に魏の外交記録を加えて作られたものであり、魏の後を継いだ晋の陳寿《ちんじゅ》（三国志の著者）という学者の著作である。

中華思想により宗主国である魏の歴史書「魏志」には魏をとりまく東西南北の野蛮国（南蛮、東夷《とうい》、西戎《せいじゅ》、北狄《ほくてき》）の歴史書が付属していて倭人伝は東夷（モンゴル東部、満州、沿海州、朝鮮、倭）の中の倭国の歴史書である。魏志倭人伝は正確に言うと魏志東夷編倭人伝である。

邪馬台国《やまたいこく》は倭国の中の三十国を支配する卑弥呼《ひみこ》という女王が君臨する国である。日本の最も古い歴史書は西暦七百十二年の古事記とその八年後の日本書紀であり日本書紀は魏志倭人伝を引用して倭の女王、倭王、倭国という文字を記しているが卑弥呼とは書いてないので、邪馬台国が何処にあったのかは魏志倭人伝を読み解かざるをえないのである。

以下は魏志倭人伝の記述に従い邪馬台国までの道筋を簡潔に書く。後漢の使者は帯方郡から狗弥韓国を経て対馬《とま》国（対馬）次は一支《いき》国（壱岐）次は末盧《まつろ》国（松浦）次は伊都《いと》国（糸島）次は奴国《な》（福岡）次は不弥国《ふみ》（飯塚市説など福岡平野に近い北九州のどこか）次は投《つ》馬《ま》国次は邪馬台国《やまたいこく》と続くが不弥国までの行程は追っていけるが、それから先が分らない。魏志倭人伝によると不弥国から南に水行二十日で投馬国に至り、南に水行十日陸行一月で邪馬台国に至る。合計すると六十日進んだところにあることになり沖縄の南の海中になる。

日本書紀には倭の女王とは書いてあるが卑弥呼のことは書いてないし皇統譜（天皇、皇族の戸籍簿）にも記載してないので、日本書紀作成の関係者には卑弥呼が大和朝廷の先祖ではないとの認識はあったが卑弥呼は五百年弱の昔の人物であるからその真偽は明確に分らなかったものと思う。

邪馬台国が大和にあったのかまたは九州の大国なのかが分らないと古代の政治勢力が分らない。その後の歴史が釈然としないことになるので、唯一の手がかりの魏志倭人伝によって邪馬台国と卑弥呼が解明されねばならない。

邪馬台国の所在地には江戸時代より大和（奈良）説と九州説がある。魏志倭人伝の方角には誤りがあり南ではなく東に瀬戸内海を通って進めば六十日で大和に着くので邪馬台国は大和だというのが大和説である。

魏志倭人伝を勝手に改めるべきではない。だから邪馬台国は不弥《ふみ》国の南の九州のどこかにあるとするのが九州説である。太陽という指標があるので使者が方角を間違えることはありえないので、九州説が正しい。しかし、九州説では邪馬台国は沖縄の南にあたるので距離があわない。

江戸時代の初期から多数の学者や研究家の論争や研究があり、魏志倭人伝は殆ど解明されたが、その中で注目されるのは東京大学教授の白鳥庫吉が魏志倭人伝が帯方郡より不弥国までは一万七百里とありまた帯方郡より邪馬台国までは一万二千里とあるから差し引き不弥国から邪馬台国までは千三百里に過ぎないとし、更に今の尺度で実際の距離を計算すると約千百六十ｋｍあるので一里は約百ｍになる。従って不弥《ふみ》国から邪馬台国までは百三十ｋｍになり、邪馬台国は九州のどこかにあるとしか考えられないとの結論に達したことである。大和ではこの距離では合わない。

但し魏志倭人伝の記載した日数は不弥から投馬《つま》までは水行二十日、投馬から邪馬台国までは水行十日陸行一ヶ月とあり百三十ｋｍにしては長すぎる。ここで白鳥は一ヶ月は一日の誤りであると判断した。その理由は不弥国から水行二十日の道程でも使者が宿泊した投馬国の名を挙げているのに邪馬台国に至る陸行一ヶ月の沿道において一国の名称も記していないのはおかしいので、使者が恩賞目当てに故意に里数、日数を誇張したと考えた。これで九州説の骨格は決まった。

後は九州のどこかを決めるだけであるが、これが諸説あり未だ定着していない。主な候補地を挙げると大和郡、(みやま市と柳川市の一部) 甘木市、筑後川流域等など多数あるが、考古学的証拠がない。卑弥呼は二百四十八年頃死んだが魏志倭人伝には卑弥呼の塚は径百余歩なりとあるが、これが見当たらない。民間学者古田武彦は邪馬台国が大和朝廷に征服された際に壊されたと言う。この可能性は高いと思う。

卑弥呼が死亡した頃に奈良県桜井市に造られた纏向《まきむく》古墳は全長が九十三ｍあり規模では卑弥呼の墓らしいが、安本美典によると卑弥呼の死亡より一世紀位遅く又出土したものは木製品であり青銅器などの中国との交流を示す遺物は見つからなかった。従って卑弥呼の墓とは言えない。

大和説では不弥国から邪馬台国までを千三百里とする前述した白鳥庫吉の推論を無視して大和説を組み立てようと悪戦苦闘しているが、成果が上がらない。

邪馬台国の所在地の研究は文献史学のみでは決着が付かない状態になっており決定的物的証拠がない限り決着が付かないので、今後は考古学に重点が移ることになる。全国で発掘される件数は年に一万件にのぼるようになっているので、日本全国の発掘調査が進むと自《おの》ずから邪馬台国の所在地も証明されるだけでなく出雲と大和と九州にあると思う邪馬台国の三者の関係即ち大和地方に磐居していたと推測される出雲勢は平和裡に大和勢に国を譲り九州の邪馬台国は大和勢に対抗して滅ぼされたと推測される歴史が明確になるものと期待している。

南京大虐殺の真実

南京《なんきん》大虐殺は歴史問題ではなく時事問題である。中国人にとって南京大虐殺は日本批判の象徴だ。事実か否かは問題ではなく子孫までこれを伝えなければならないと決めている。これが中国政府の方針である。南京大虐殺記念館を建て映画まで作って世界に日本軍の悪逆非道を宣伝している。十年ほど前にも「南京！南京！」という映画を上映している。これに対し日本政府は拱手傍観《こうしゅぼうかん》である。日本国民は名誉を貶《おと》められても生命、財産を守ってもらえばそれで満足とはいえない。濡れ衣を晴らして中国の宣伝は嘘であることを世界に訴えるべきである。嬉しいことに民間の有志の募金（私も寄付した）による水島総監督のビデオ「南京の真実」が一巻出来たが後二巻は六年経つのに止まったままであるのは残念だ。何とか追加の寄付をしても完成させたいものだ。

日露戦争の時に沢山の愛国者が色んな形で日本の良さを世界に宣伝したように南京大虐殺は嘘であることを世界に宣伝してくれる愛国者はいないのかと情けなく思っていたが、前述した「良い宣伝」の中で書いたように「史実を世界に発信する会」が南京大虐殺を始め慰安婦問題等について事実ではない旨の英訳文の本を米国で出版する等活躍してくれている。

以下に南京大虐殺の舞台になった南京攻防戦に至る日中戦の概略を述べる。

昭和三年満州に磐居していた馬賊の頭目張作霖《ちょうさくりん》は満州を事実的に支配していた日本の関東軍の言うことを聞かなくなったので、関東軍の一部の将校により奉天郊外で爆死させられたが、日本の参謀本部はこれを追認して、昭和六年には満州に親日政権を樹立する計画を立てた。昭和七年日本軍の肝煎《きもいり》りで満州国が建国され、清朝最後の皇帝愛新覚羅溥儀《あいしんかくらふぎ》が満州国皇帝に据《す》えられた。

しかし、中国は満州は中国の領土であるから返せと主張するが、日本側は満州は元は満州族の国であり満州族が中国に侵入して清帝国を立てたので、自然に清国に合体されたものであり、清朝最後の皇帝愛新覚羅溥儀が追放されたから故郷に帰って独立したものであると主張し返還に応じなかった。

片や国際連盟のリットン調査団が来日し日本軍の行動を調査し昭和八年には国連は四十二対一の賛成で日本軍の満州撤退を勧告した。国連の全権松岡洋右《ようすけ》は国際連盟脱退を宣告し席を蹴って帰国した。

関東軍によって爆死した張作霖の子の張学良は満州の南西部熱河省に大軍で侵入したので、関東軍が追い出した。天皇と日本政府は関東軍の中国領内への侵入を厳しく制止したが中国軍の再三にわたる挑発にのり以来張学良軍と蔣介石の国民党軍と毛沢東の共産党軍と日本軍が入り混じり小競《こぜ》り合《あ》いが続いた。その間何度も和平協定を締結したが中国共産党軍の協定違反に怒った日本軍が反撃しついに昭和十二年中国軍との全面戦争である支那《しな》事変が勃発し戦線は中国全土に拡大し遂に中国の代表とみられた総統蔣介石《しょうかいせき》軍の守る中国の首都南京《なんきん》城の攻防戦が開始されたのである。

松井石根《いわね》大将の日本軍は三日間の猛攻撃により昭和十二年十二月十三日に南京城を陥落

した。その際に三十万人の一般市民が殺されたとするのが中国の共産党の主張である。他には三万人説と零に近い説がある。私は数十人説をとる。

先ず中国説の否定から始めたい。中国は昔から白髪三千丈の国であり誇大に表現することが普通ではないから信用出来ない。更に中国政府が日本を貶める意図をもって発表した数字であり、全く信用できない。それに日本軍と戦ったのは蒋介石の率いる国民党軍であり、共産党軍ではない。日中戦争では終局を除いて共産党軍は少数であり、日本軍とはまともに戦ったことは少ない。

イ、南京大虐殺は戦勝国が敗戦国日本の戦争犯罪人を裁く昭和二十二年の東京裁判に突如提出された。事件が起きたとされる昭和十二年当時に何故問題にならなかったのか。当時の南京には多数の米英人やロイター通信社などの多数のジャーナリストがいた。蒋介石政府からも中国共産党からも当時非難の声明はなかった。国連でも中国代表は南京虐殺非難の声明を出さなかった。米英仏から日本政府に抗議が寄せられたという事実もない。昭和十二年十二月十七日の南京入城に際しては外国人記者五名を含む百名以上の日本の報道陣が同行している。又、多くの記者や作家（大宅壮一、西条八十《やそ》。草野心平、石川達三、林芙美子など）が陥落直後の南京を訪れ見聞記をかいている。以上のとおりで何ら一般市民の虐殺の事実は無かったということを証明している。

ロ、南京城の広さは鎌倉市くらいで当時の人口は国際安全委員会によると非戦闘員は二十万人と発表されており、公文書によると守備していた軍人は五万人であるから、皆殺しにしても二十五万人だ。

ハ、中国兵は戦場において略奪放火殺人をするということが国際的に定評があった。南京の米国副領事が米国大使に「支那兵は日本軍入城前に略奪をしている。最後の数日間は疑いなく略奪やそのための殺人もあったと聞いている。このため残留住民は日本軍が来れば秩序が回復すると日本人を歓迎する気分さえあることは想像できる。」と報告している。中国兵は失業者、貧農、ホームレスが多く識字率は十％以下で道徳心も愛国心もなく兵の楽しみは略奪ということで中国人には日本軍よりも恐れられたのである。特に逃げる時の略奪は凄まじいものがありこれが日本軍の仕業とされた。

ニ、南京攻略戦を前に松井石根将軍は「日本軍が外国の首都に入城するのは史上初めてのこと後世の模範となる行動をするべし」として軍規を守るよう細則を定めている。まだ敵の敗残兵が隠れている敵地のなかで略奪や強姦などする日本軍人の個人的犯罪は考えにくい。

ホ、南京占領一ヶ月後には安全委員会の発表では住民は二十五万人に増えている。中国の発表では「占領後六週間で殺された一般人と捕虜の総数は二十万人から三十万人に上がり同期間に亘って略奪放火が続けられ市内の三分の一が破壊された」とあるが、当時の新聞によると陥落後の復旧は急ピッチで進み陥落後数日で両替商が開店し三週間後には電気水道も復旧したとある。

大虐殺の反証はこれくらいにしたい。あまりに馬鹿馬鹿しい。松井大将は東京裁判で起訴され「一部若年兵の間に忌むべき暴行を行った者があるらしく」と個人的偶発的犯行を認めた。検察は組織的計画的犯行と主張したが、有力な証拠は提出出来なかったが弁護側の証拠の殆どを却下し検察側の伝聞証拠は殆ど採用して松井大将に死刑を言渡した。松井は明治の日本軍を知る古い軍人として僅かな軍規の緩みも許し難く従容《しょうよう》として刑死した。

偕行社《かいこうしゃ》説、平成元年に旧日本陸軍軍人の集りである偕行社が「南京戦史」を出版したが

それによると

イ、戦闘による中国軍人の戦死者は約三万人。戦争による軍人の死亡は犯罪ではないので、問題外である。

ロ、中国軍の捕虜、便衣兵の死者一万六千人。捕虜と便衣兵の割合が分らないが、捕虜は三万人いたらしいが殆どは管理に困って武装解除のうえ釈放されているので、捕虜の死者は僅少と思われる。捕虜の殺害は国際法違反になるので、上層部の命令で殺害することは有り得ない。松井大将は日中友好論者であるからなおさらである。敵性外国人や報道関係者が多数いた南京で何百人と言う捕虜が殺されればたちまち問題になる筈だ。下級兵による独断的殺害は若干あったかもしれないが　数は僅少と思う。便衣兵とは軍人なのに民間服をきて敵の隙をみて襲い掛かる者であり、これの殺害は認められている。中国では便衣兵や民間人に襲われて手を焼いた話はよく聞くので、この場合は殺されても仕方ない。

ハ、一般市民の死者約一万六千人。

南京城内の敗残兵の掃討戦で巻き添えになった一般人も居ただろうが、大部分は中国兵の自国民に対する犯行と推測される。司令官の蒋介石は一足早く昭和十二年十二月七日に逃げ去り殿《しんがり》軍の司令官も逃げて残された中国兵はやりたい放題の乱暴狼藉を犯した可能性が高い。この中には便衣兵も多数含まれていたと思う。興奮した日本軍の若年兵の個人的犯行も若干はあったと考えられる。東京裁判の検事側証人の外国人牧師が殺人を見たのはたった一件だと陳述している。一万六千人の一般市民という数字自体が疑わしい。恐らく便衣兵の処刑を一般市民の処刑と見誤ったものだろう。

「南京事件日本人四十八人の証言」（阿羅健一著）によると、はっきり南京城内の住居地区で殺傷されたのを見た人はいない。ただ揚子江側に接する地区では占領後にも戦闘が断続的におこなわれていて沢山の死者がでている最中であり混沌とした状態で民間人らしい者が殺されても不感症になっていたのではないかという感触を私は受けた。

ところで、この本の中に城外ではあるが、国際法違反の多数の軍人の捕虜が殺害されていたのを見た人もいたと書かれてある。城外は人の眼も無いのでそのような蛮行が行なわれたとも考えられるが、城内でも戦闘中の混乱状態の中で投降した捕虜が釈放されずに殺されたことがないということは断言できない。

板倉説、南京事件研究家板倉由明氏によると、軍規違反の市民の殺傷四十九件、障害四十四件とされる。これは日本兵が犯した国際法違反の犯罪件数である。ただ、板倉氏は鎌倉市位の広い地域の中で起きた事件を四十九と緻密な数字を挙げているがこれははっきり断定できるもののみの数であり、把握できないものを切り捨ててこれが全部であるかのごとく報告したものではないのか。

半戦争状態の混乱の中でかなりの数の国際法違反が起きたことは認めざるをえないが、中国の主張するような膨大な虐殺があったことは断じてないことは前述した。便衣兵や一旦釈放された捕虜が武器をもって再び攻撃してきた者や市民が武器を持っていて殺傷されても中国軍兵士の殺傷された者と同じく犯罪ではない。

中国が有りもしない南京大虐殺を東京裁判に告訴したのは東京裁判で天皇の死刑を要求

したのと同じく明治二十八年の日清戦争と支那事変の敗北による復讐心に燃えていたからであるが、それを明治三十八年の日露戦争で日本に大敗北したロシアが仕返しのチャンスとみて支持した結果である。

東京裁判を支持し喧伝する日本の共産党や左翼や進歩的文化人（最高裁長官になった横田喜三郎は代表）たち売国奴の存在と日本政府の拱手傍観が中国を付け上がらせ南京大虐殺を既成事実にさせ定着させてしまったのである。「天網《てんもう》恢恢《かいかい》疎《そ》にして漏らさず」という中国古代の老子の言葉があるが、中国は日本国に濡れ衣を着せてそれで事もなく済むと思っているのだろうが、その犯罪には何時の日にか天の網は荒くてもかならず漏らさずに天による断罪が下るものと思う。

貧困世代

貧困世代と言う本が販売されている。この本の著者は「若者に対してもっと金使えとか、子ども産めとか、保育園なしで頑張れとか、非正規だけど夢もって働けとか、引きこもっているなとか、年金少ないから老後のために貯金しておけとか、ただただどうしようもない国だと思う。改めて日本死ねと言いたい。」と呟《つぶや》いている。

この著者は一言で言うと貧困世代の面倒を国がみろと言っている。みることが出来ない現状をどうしょうもない国と決め付けている。日本は共産主義の国ではないこともよく理解していないようだ。共産主義と資本主義の根本的な違いもよく分らないで貧困層を感情的に煽っているだけの本とみた。

たとえ資本主義であっても貧困層対策は重要であるから国は出来る限りのことはしてい

ると思う。共産主義とは違うので貧困対策にも限界がある筈だ。金の面だけではなく思想の面から制約がある。資本主義では健康で働ける者は全員が全力を出して働くことが前提であるが現実は勤勉で知恵のある人とそうでもない人に分かれるので、時の経過によって富者と中流層と貧困層に分かれてくる。

昔から一流に成るには三代かかるといわれる。初代は程ほどに頑張って中流になり二代は地方ではちょっとした著名人になり三代目は全国に名が知れるような名望家になる。親の頑張りを土台にして更に子が頑張るという好循環になるわけである。

現実にはこんな事例は希であり逆に親の遺産を当てにして怠慢な生活をして三代目は「売家と唐様で書く三代目」という江戸時代の川柳がある位で三代目は怠け者で貧乏になったが学問をして教養があるので先進国の中国流の文字で自分の家を売るという広告を出すというなんとも哀しい笑い話でこのタイプの方が多いのではないか。現代の青年を見ていると苦労知らずのお坊ちゃまタイプが多いようだ。富者と中流層の甘い親のもとで育ったからだろう。学歴が高くても苦労知らずではあまり出世も出来ないだろう。

昔の諺に「苦労は買ってでもせよ」というのがあるが、米国の実話を紹介しよう。ある弁護士の息子に親類筋の人が相続人がいないので莫大な財産を贈与したいと伝えてきたときに弁護士はそんな財産を貰ったら子どもは必ず苦労知らずのお坊ちゃまになり一角《ひとかど》の人物にはならないと思いこれを辞退したという話だが、父親が子の将来を見る厳しさはやはり昔堅気の人らしくて見事である。金のせいでもっと大切な徳のある人格を失うことを恐れたのである。

日本の歴史をみても貧困層の中から立派な人が出ている。塙保己一《はなわほきいち》、荻生徂徠《おぎゅうそらい》、二宮尊徳、田中角栄など。立派な人になるには貧困が必要なのだ。

親の貧困の所為で子がハンデを負って出発する場合もあるが親を恨んでも何にも進歩はない。自分が頑張りぬいて貧困から脱出し自分の子は少なくとも中流にするという覚悟を決めなければならない。そのためには他人の真似はしない。他人の真似をして偉くなったという人はいない。自分は自分、他人は他人と割り切って、先ず徹底的に節約する。昔を知っている私から見ると現在の一般的な生活水準は贅沢であり節約の余地は多いと思う。

そして計画を立て之に沿って努力することだ。貧困を他人や国家のせいにしてはいけない。自分を助ける者は自分しかいないことをはっきり自覚することが大切である。要は心の持ち方で決まる。

私の見聞した努力家は何人もいるが一人を披露したい。その人は女性で三十五歳位だが早朝に新聞配達をして昼は印刷会社に勤め退社後は中州のスナックでカウンターの仕事をしていた。三年で五百万円を貯めてスナック用の部屋を借りる際の権利金に使いたいという。睡眠時間は三時間だという。女性でもここまでの志を立てて実行している人もいるのだ。これをやり遂げるのは並大抵の苦労ではない。この女性は心身鍛錬と富の両方を掴《つか》もうとしているのだ。金は人から貰った金は苦労して得た金ではないのでいずれ失敗するだろう。金は自分が苦労して稼いだものでないと金の価値が分らない。貧困を脱出したい人はこんな女性もいることを忘れずに頑張ってもらいたい。

「天は自らを助ける者を助ける。」という天もまた人も応援してくれるだろう。先ずは節約しただけでも余裕はでてくる筈である。とくに必要でもない自動車やスマホ、タブレットは直ちに処分することそして借家の家賃の安いところに移ることなどを実行することが必要である。働き方もただ我武者羅《がむしゃら》に働くというのでは効率的ではない場合かあるので頭を使って効率を上げる工夫がいる。具体的には分らないので何ともいえないが自分でまた知人友人に相談して人の知恵も借りるのがよいと思う。

一ランク上を狙って技術や資格の学校に学ぶことも視野にいれておき少し金が貯まったら実行すると視界が開けて良い結果に繫がる可能性がある。この場合に注意が必要なのは技術や資格を得ても就職が有利に出来る技術や資格であるかを予め調査しておかないと馬鹿をみることがある。

金が貯まってきたら貯金ではなく何かもっと増やせる方法はないかと探すこともあるだろうが、証券マンや銀行員の勧誘に安易に乗ると元本まで減らすことが多いので、損してもたいして痛くない程貯金が増えるまで投機には手を出さないことが大切である。はっきり言うと儲け話を持ってくる商売人は自分の金儲けのことしか考えていない。何処の馬の骨か分らない人の儲け話などは論外であり検討は必要なく頭から無視しなければならない。

かく言う私も貧困家庭の子だった。私が十歳のとき父が借金を残して死亡したので、母は長男の私と妹と弟を養いながら頑張ったが無理がたたって病気になり大変だった。食料難の時代だからただでさえ良い食べ物はなかったが私の家は貧しいので碌な物は食べられず医師から栄養失調といわれた。しかし、私は精神は比較的に強かったので、勉強などはほったらかしで子どものくせに大人の仕事をしたりした。丁度、元総理大臣の田中角栄の少年時代と似ている姿である。後に高校に入学して学力を取り戻すのは大変な努力が要った。しかし、少年時代に勉強かスポーツしかしなかった今時の大人に比べても特に後悔はしていない。資格や技術を学びたいがそのことで悩んでいる人は私も相談に応じるので電話されたい。電話は末尾に記してある。

東京裁判と靖国神社

「極東国際軍事裁判」略称「東京裁判」が公正な裁判と程遠い裁判の名を冠した復讐と見せしめのための茶番劇であることは学識ある人々の常識になっている。東京裁判とは米英中露の首脳が日本降伏の条件を定めた「ポッタム宣言」に基ずく日本軍人のA級戦争犯罪人を裁くためにGHQ（連合国最高司令部）の最高司令官マッカーサー元帥が定めた「極東国際軍事裁判所条例」によって行われた。

A級戦犯とは「平和に対する罪」の犯人であり、侵略戦争を協同謀議により計画し遂行した指導者とされた。敗戦国の指導者が処罰された例は文明国ではそれまではなかった。犯罪は事前に条約や法律や慣習によって周知されてなければ罰することは出来ないというのが法治国家の共通認識であった。これを罪刑法定主義という。これを破りマッカーサーの独断で裁こうというのだ。

裁判は昭和二十一年四月二十九日の天長節（昭和天皇の誕生日）の日より始まり二十八人の戦犯が起訴され昭和二十三年十一月十二日に判決言渡し、処刑日は同年十二月二十三日の皇太子（現在の天皇）の誕生日とし東条英機大将以下七人が絞首刑に処せられた。天皇や皇太子の誕生日に裁判を開始したり戦犯の処刑をしたりする底意地の悪さはこの裁判が報復である証拠である。

そして裁判の過程も検事側の証拠は伝聞《でんぶん》証拠まで取り上げ弁護側の証拠はほとんど却下された。ボッダム宣言に基ずく裁判であるなら昭和十六年十二月八日の大東亜戦争開戦日以降の犯罪に限られるべきなのにそれより十四年も遡ったときから対象とした。というようにボッダム宣言にも違反したデタラメの限りをつくした裁判であり日本人として絶対に認めることはできない。国際法学者のあいだではこの裁判を正しい裁判という人は一人もいない。

当時この裁判を正しい裁判として承認する論文を書いたのが後に最高裁判所の長官にな

った横田喜三郎という似非《えせ》学者で権力者に取入る売国奴である。石原慎太郎等は東京裁判の不正ばかりをあげつらっていてもしようがない。問題は負ける戦争をした責任者を日本人自らが裁かなかったことだと言っているが、法治国家の大前提である罪刑法定主義の下で裁くには事前に罪と罰を定めた法律がなくてはならないがそのような法律は国際法にも国内法にも存在しない。だから石原慎太郎が言いたい気持ちは理解できるが、法的根拠のない感情による人民裁判は開けない。

東条英機大将は刑死する前に敗戦により国家と国民が蒙った打撃と犠牲を思えば自分の責任は死をもって償えるものではない。天皇にたいしても深くお詫びしたい。しかし、東京裁判にはどこまでも無罪を主張するといっている。他の六人の気持ちも同様なものであったろう。

軍国主義者の軍人は道を誤って国民に多大な迷惑を掛けたがそれは愛国心に基ずく暴走のためである。

この暴走を止めきらなかった重臣や天皇の罪は重いと思う。そして国民の大多数やマスコミ等は軍人の暴走を支援又は追認したのであるから、心情としても軍人のみを罰することは出来ないだろう。

なお、マッカーサーは戦争犯罪人をA級の他にB級とC級に分類している。A級は前述したがB級は従来から戦時国際法で認められているものであり、一般住民、非戦闘員に危害をくわえること、軍事目標以外を攻撃すること、不必要な苦痛を与える残虐な兵器を使用すること、捕虜を虐待することとである。C級はドイツのユダヤ人の虐待、殺害を罰するために事後に作られた犯罪で「人道に対する罪」であり東京裁判では告訴はなかった。

B級裁判は横浜、上海、シンガポール、マニラなど五十ケ所に日本軍人五千六百人が逮捕抑留され、軍事裁判により約千人が死刑に処せられた。詳細は不明であるが、東京裁判と同様かもっと酷い復讐と見せしめのインチキ裁判によって処断されたものと推測される。真に気の毒である。

B級の犯罪ですぐ思い出すのは米軍機による東京をはじめ全国の主要都市の無差別爆撃であり広島と長崎への原爆投下である。しかし、戦勝国十一国でB級の戦争犯罪人は一人も告訴されなかった。不公平の極みである。

マッカーサーは昭和二十五年十月に米国大統領トルーマンと会談したとき日本を侵略国として裁いたのは間違いであったと述べている。又、二十六年五月に米国の上院の軍事外交合同委員会で日本の戦争は自衛戦争だったと極めて重大な証言をしている。東京裁判から五年位しか経過してないのにこの反省の弁とはマッカーサーは人の異見を聴かない傲慢で愚かな人と言うべきだ。東京裁判の正当性を主張した売国奴横田喜三郎は上った梯子《はしご》を外されたにも拘らず最高裁の長官になれるとはおかしな話ではないか。

さて、軍人は戦死したら靖国神社で会うことを誓い、会うことを楽しみとして戦いそして戦死した者は靖国神社に祀られているが、A級戦犯として刑死した七人と判決後服役中に病死した五名と判決前に病死した二名の合計十四柱の霊は祀られてはいなかった。靖国神社は終戦後に国の機関から民間の神社に変わって十四柱の霊を祀るか否かは宮司が決めることとなった。

昭和二十一年に宮司になった筑波藤麻はA級戦犯を合祀することに躊躇していて死亡し

たので、昭和五十三年に松平永芳が宮司に就任すると十四柱を合祀した。昭和六十年に中曽根首相が靖国神社を公式参拝すると中国と韓国が激しい批判をしたので、中曽根首相は翌年からは参拝を取りやめた。そしてA級戦犯の十四柱はどこか別の所に分祀しようとの民間からの意見もでたが実現していない。

分祀については靖国神社が同意しないのだ。A級戦犯の合祀には純粋な慰霊や鎮魂を超越して、靖国神社の本義を守るとともに不当な東京裁判に対する反発と否定の頑固な意志が感じられる。

人生の終わり方《かた》を考える

私は余生の中で生きている。体の各部分は若いときより大分劣化していて三種類の薬の処方箋を貰うために毎月診療所に通っている。体重も最盛期に比べ約18％減少した。ゴルフの練習やコースに出ることも二十年位前にやめたので筋力も弱くなった。小一時間の朝のウオーキングは三十一年間続けているので一見すると健康そうに見えるのもこのお陰と思っている。そして記憶力の衰えが少ないのもウオーキングの賜物と思う。従って、ウオーキングを今後も続けるかぎり簡単には死なないと思うし生きてるかぎり痴呆症になることは無いと思っている。

しかし、人生は無常であり何が起きても不思議ではない。死の覚悟はしておかなければならない。

それにしても、昔の老人は殆どが自然死（餓死）であるから死に方について勉強する必要はなく自然に任せておればよかったが、現代では老人に限らない大多数の人は医療の虐待と介護の拷問を経ないと死なせてもらえないので死については無防備ではいられない。

私は十年位前から死というもののことを時々考えてきたが自信がなかった。交通事故などに合って人事不省になった時のために「昭和初期の治療しか受けない旨」を書面にしたため印を押して妻に預けたりしたが、他方、「脳溢血で倒れて人事不省になったときは徳州会病院に三時間以内に担ぎ込め」という新聞の切り抜きを妻が冷蔵庫に貼っているのを黙認していた。

さて、メディアによると痴呆症の介護に疲れた夫や妻や子が痴呆症の患者を殺す事件が発生し裁判では殺人罪が適用されるが、全件が数年の刑となり必ず執行猶予となっている由である。

平成二十五年の殺人は三百四十二件であるがそのうち介護殺人は平均四十件だそうで9件に一件が介護殺人となり多くの人が介護に苦しんでいることをよく示している。

痴呆症は重篤になると姿形《すがたかたち》は人間でありながら自分も肉親も覚えていない死人に近いゾンビのような存在になる。健康で正常な人が職まで辞して介護して精神的にも肉体的にも限界状態になり、痴呆症のゾンビを殺して何が悪いと言いたい。

こんなゾンビは仏の世界に送ってやるのが本人の為にも必要なのだ。医師の辞書には患者は一分一秒でも延命治療をしてでも化け物やゾンビになっても死なせないようにせよと書いてあるようで、殆どの医師は生かしつづける。人間の尊厳をもって死にたいという人でも機械的に生かしつづけるのだから、医師の頭には尊厳の思想などは存在しないようだ。

国家の姿勢も間違っている。裁判所は家族の申告があれば関係者の意見も聞いて安楽死を医師に命じる判決を出すような制度を創設すべきである。

これには反対するのが明らかな人々は医師会と族議員とゾンビになっている親の国民年金や厚生年金を親に代わって受け取って生活している子らである。両者とも所得が減るから反対するのだ。

そうであれば介護の現場で出来るだけ患者が早く死ぬように、食べたくない患者の口を無理に開けさせて食べ物を口に押し込むような介護をしないなど色々と工夫するように厚生労働省は介護所に命令を発し実行しているか監視すべきである。

痴呆症問題がおきるのは老人が長生きし過ぎるからであるが、何故長生きするかと言えば国民は十分栄養を取り些細な体の不調にも直ぐ診療所に行くような習慣になっており、医師はあれこれと検査をして沢山の薬を飲ませる過剰医療だからである。大半の医療関係者は過剰医療で儲けそのせいで長生きし過ぎた痴呆患者の介護でまた儲けと繁盛するばかりである。現在の日本人は医者に掛かる回数が世界でも有数である由である。

昔は風邪ぐらいでは医者には掛からなかった。私が子供のころは栄養失調なのに冬に青鼻を垂らして遊んでいた。私の祖父母と父は私が七歳から十歳の間に死んだ。祖父は約一ヶ月位寝て八十歳で静かに死んだ。その間医師が数回往診に来たようだ。祖母は半年位後にいつ死んだのかわからないように七十七歳で老衰により死んだ。父は肺病で一年位寝て静かに死んだ。

当時は食料難の時代であるから栄養の高い食べ物は少なく皆栄養失調気味であったのもあっさり死んだ原因かもしれないが、今のように医師の延命治療がなかったのが最大の原因と思う。

母は九十歳で肺がんで死んだが入院した時に末期がんと診断されたのに延命治療をされて苦しみながら一ヶ月もかかって死んだ。母は末期がんなのに鼻チュウブと点滴による栄養注入をされ、これを抜こうとする手を縛られていて苦しんでいた。私は末期がんだから楽に死なせてやりたいと医師に頼んだが医師は生返事をしたが、その時、私は現在の智識を持っていなかったのでそれ以上強く要請はしなかった。臨終のときは女医が心臓マッサージを何時までも止めないので、もうやめてくれと頼んだ。

私はこの時に六十七歳にもなっていながら老人の死と医師の延命治療の実際を深く考えていなかったので、医師の延命治療を黙認して母を苦しませたことを強く後悔している。この場合も自宅療養をして点滴もやめて老衰死に切り替えていればもっと早く静かに死ねたと思う。母は私の妹の家に数十年前から住んでいるので、私の家に引き取ることはできなかった。

妹は気管支拡張で七十五歳で死んだが、民間病院に入院したので、医師の誤診と延命治療により二年十ヶ月も苦しんで死んだ。医師の誤診でアルツハイマーと診断されて副作用の強い新薬を呑まされ一機にゾンビになったので、その薬を禁止させアルツハイマーと診断した理由を問い質《ただ》すと医師は非論理的なことを説明したので不信感をもった。

入院して一年弱のころ見舞いに行くと死にたいので医師に言ってくれと真剣に言うので、先ず妹の子供たちに相談すると子として死なせるのは忍びないと思ったのだろうが、賛成しないので医師に要請できなかった。そのため身体に何本もチュウブを付けられ経管栄養の注入によりゾンビの状態で関節は折れ曲がり顔手足はむくみ意味の無い延命治療を受け二年弱苦しんで死んだ。妹の苦しみ無念さを思い一句　緑陰に妹の心願空しけり

皮肉にも妹は元看護婦で医療の実態は知っていたのに死の具体的な準備が出来ていなかったのだ。私は母を亡くした時から意識を無くした患者にはしっかりした考えを持った家族が監視していないと医師の好き勝手にされてしまうと考えていたが、このことの重要性

を再認識した次第である。

私は平成二十三年に東北旅行をした際に山形県酒田市の寺で座したままの即身仏の遺体を見てその過程の説明書を読むとまず五穀断ちから初め少しずつ穀類を減らして体中の栄養分を減らし最後には地中の穴に座し水分も絶ち経《きょう》をとなえ死亡するとあった。

実はこれに良く似た貴重な話を近隣のご婦人から聞いた。三十年位昔にお父上が九十歳になり突然今から死ぬと言って布団に寝てしまったそうで、食事も水も採らないので、医師を呼ぼうとすると本人に断られ救急車を呼んでも乗らないので、困って姉妹三人で見守っていたら一ヶ月位で静かに逝去された由である。

このお父上は医師に掛かったことがないという健康者であるが奥さんが六十六歳で亡くなられて二十年近く一人暮らしになり、養子夫婦も遠くに行ってそこで定着して自分のもとに帰ってこないので、孤独の寂しさもあって死を決意されたものと思われる。即身仏にも似た立派な最後であった。自然死の見本のような死に方である。こんな死に方をされる人はどんな顔をしているかと思い写真を見せてもらったが、長身の中肉で小中学校の校長のような風格であった。

私の少年の頃の肉親の死に方は前述したように体調不良によるとはいえ穏やかで静かな死に方は右の現象と共通している。即ち医師との関係は最小限度に止めることが必要であることを示している。

中村仁一著「大往生したけりゃ医療とかかわるな」によると老人は食べないから死ぬのではなく死に時が来たから食べないのだと言い、体が枯れると死が近いと判断しているが、この枯れ具合は食事量が減り、一ヶ月に五%以上、三ヶ月に七・五%以上、六ヶ月に十%以上の体重減少があり、歩けなくなったり立てなくなったりちゃんと座れなくなったりすることだという。中村医師は老人ホームの常勤医師として、この状態になると胃ろうか自然死のいずれを選択するかを本人や家族と相談して決め胃ろうの場合は病院に紹介状を書き、自然死の場合は食事の食べ方は本人の自由にするそうだ。

食事も食べなくなり次に水も飲まなくなると平均で七日から十日の間に自然死するそうであり世界記録は十四日の由。自然死の場合はガンでも老衰でも驚くように穏やかに死亡するとのことであり、その理由として自然死の原因や結果である飢餓も脱水も酸欠も炭酸ガス貯留も臨終時点に脳内にモルヒネ様物質が分泌されたり麻酔作用がおきたりして夢うつつのまどろみのうちに穏やかな死を招くそうである。

著者の中村仁一氏は民間病院院長・理事長を経て老人ホーム同和園の常勤配置医師になった人である。著者の自然死開眼は老人ホームの常勤医師になって入居老人の自然死の実態をつぶさに見聞したのが転機のようだ。

大部分の医師は自然死を看取ったことがなく自然死を知らないし医師になるための経済的なまたは時間的な投資もありこれの回収のためにも延命治療をせざるを得ないこともあり患者や家族の不知を奇貨として延命を行なっているのである。

葬儀屋の話によると昔はお棺が軽かったが近年は重たくなったとのことであるが、私の妹の延命治療のときも全身が水膨れで溺死《できし》体のようであった。体が要求しない水や栄養を機械的に注入されていたのだ。遺体が重たいのは当然である。

宮元顕二・宮元礼子著「欧米に寝たきり老人はいない自分で決める人生最後の医療」に

よると、日本では自分では食事が摂れなくなった高齢者に対して点滴や経管《けいかん》栄養（鼻チューブや胃ろう）で水分と栄養の補給が行なわれるが、スエーデンや他の欧米諸国では点滴も経管栄養も行なわれず患者の食べたり飲んだりする能力に任されている。患者は栄養が低下しても脱水になっても苦しむことなく楽に死ねるとのことである。著者二人は夫婦であり二人とも医師であり、無駄な延命治療が患者を苦しめており穏やかな死を迎えるためにも医療体制を全面的に見直す必要があると訴えている。

私の少年時の体験と即身仏の死に方と近所のご婦人の父上の死に方と中村仁一医師及び宮元医師夫婦の意見とは全く一致している。即ち人間は食欲が無くなった時が死に時であり無理に食べさせなければ一ヶ月以内に穏やかに死ねるということだ。従って、自然死を希望する者は事前にその意志を明確にして文書に残すとともに近親者にもそのことをよく伝えておくことが必要となる。

中村仁一医師の著書に書いてある見本を左に掲載するので参考にされたい。

「医療死より自然死が好みのため意識不明や正常な判断力が失われた場合左記を希望す

る。（ぼけた時はぼけきる直前に断食死を敢行するつもりだがタイミングをはずす場合も考慮して）。

できる限り救急車は呼ばないこと
一、脳の実質に損傷ありと予想される場合は開頭手術は辞退すること
一、原因の如何を問わず一度心臓が停止すれば蘇生術は施さないこと
一、人工透析はしないこと
一、経口摂取が不能になれば寿命が尽きたと考え経管栄養、中心静脈栄養、抹消静脈輸液は行なわないこと。
一、不幸にも人工呼吸器が装着された場合改善の見込みがなければその時点で取り外して差し支えないこと
〇六年九月十七日中村仁一」

さて、最後に翻《ひるがえ》って考察してみると、死に方をかくも仰々しく語るようになったのは比較的近年であろう。私が少年の頃は医者も少数で診察も簡単で終末治療はしなかった。江戸時代に遡れば終末になれば寿命がつきたとして本人も近親者も何もしなかったと思

う。この自然死を中村仁一氏が勧めているのは現在の終末治療の過剰さが度を超していて見るに耐えないために昔からの自然な死に方を勧めているのだ。そのことは決して奇異なことではない。至極当然のことである。

なお、「なんとめでたいご臨終」（小笠原文雄著）を紹介しておきたい。在宅医療の具体的な事例を読み易く書いてある良い本である。著者は日本在宅ホスピス協会の会長をしている。小笠原内科は岐阜市。

プロフィール

高瀬 こうちょう

昭和8年7月27日 福岡市生まれ。
東京で住宅金融公庫他に20年勤務し、
その後不動産鑑定事務所を福岡市に設立。
30年間不動産鑑定を行う一方、福岡地方
裁判所の調停委員を14年務めた。
福岡市早良区在住

【著書】

『管見随想録』（2012）

管見随想録　下巻

男はつらいよ

ISBN978-4-434-33649-2 C0095

発行日　2024年 3月 20日　初版 第1刷

著　者　　高 瀬　こうちょう

発行者　　東　　保 司

発 行 所

櫂歌書房《とうかしょぼう》

〒811-1365 福岡市南区皿山4丁目14- 2

TEL 092-511-8111 FAX 092-511-6641

E-mail:e@touka.com http://www.touka.com

発売元 星雲社（共同出版社・流通責任出版社）